Le Dernier Jour d'un condamné

Première de couverture : © Playboy Archive / Corbis.
Deuxième de couverture : [h] © Maison de Victor Hugo / Roger-Viollet ; [b] © Art Gallery of Hamilton, The Joey and Toby Tanenbaum Collection, 2002.
Troisième de couverture : © Photo Josse / Leemage.
Page 160 : © Photo12.com / Hachedé.

© Éditions Belin/Éditions Gallimard, 2010 pour l'introduction, les notes et le dossier pédagogique.

Le code de la propriété intellectuelle n'autorise que « les copies ou reproductions strictement réservées à l'usage privé du copiste et non destinées à une utilisation collective » [article L. 122-5] ; il autorise également les courtes citations effectuées dans un but d'exemple ou d'illustration. En revanche « toute représentation ou reproduction intégrale ou partielle, sans le consentement de l'auteur ou de ses ayants droit ou ayants cause, est illicite » [article L. 122-4].
La loi 95-4 du 3 janvier 1994 a confié au C.F.C. (Centre français de l'exploitation du droit de copie, 20, rue des Grands-Augustins, 75006 Paris), l'exclusivité de la gestion du droit de reprographie. Toute photocopie d'œuvres protégées, exécutée sans son accord préalable, constitue une contrefaçon sanctionnée par les articles 425 et suivants du Code pénal.

ISBN 978-2-7011-5446-6
ISSN 2104-9610

CLASSICOLYCÉE

Le Dernier Jour d'un condamné

VICTOR HUGO

Dossier par Geneviève Dragon
Agrégée de lettres modernes

BELIN ■ GALLIMARD

Sommaire

Pour entrer dans l'œuvre 6

Préface de la première édition 11
«Préface en dialogue» de la troisième édition:
  «Une comédie à propos d'une tragédie» 13
Préface de 1832 25
Arrêt sur lecture 1 51

Chapitres 1 à 15 59
Arrêt sur lecture 2 89

Chapitres 16 à 24 94
Arrêt sur lecture 3 115

Chapitres 25 à 49 120
Arrêt sur lecture 4 153

Le tour de l'œuvre en 8 fiches

Fiche 1. Victor Hugo en 20 dates 160

Fiche 2. L'œuvre dans son contexte 161

Fiche 3. La structure de l'œuvre 162

Fiche 4. Les grands thèmes de l'œuvre 166

Fiche 5. Stratégies argumentatives 168

Fiche 6. Un récit aux registres variés 170

Fiche 7. Le romantisme 172

Fiche 8. Citations 174

Groupements de textes

Groupement 1. Les héros en prison au xixe siècle 176

Groupement 2. Controverses autour de la peine de mort 186

Vers l'écrit du Bac

Corpus. Représentations de la misère au xixe siècle 195

Question sur le corpus et travaux d'écriture 202

Fenêtres sur...

Des ouvrages à lire, un site Internet à consulter,
une conférence à écouter et des films à voir 203

Glossaire 205

Pour entrer dans l'œuvre

« Partout où la peine de mort est prodiguée, la barbarie domine ; partout où la peine de mort est rare, la civilisation règne. » Le 15 septembre 1848, lorsque Victor Hugo prononce devant l'Assemblée Constituante le discours d'où est tirée cette phrase, l'écrivain s'est déjà détaché du régime autoritaire de Louis-Napoléon Bonaparte. Il est alors un homme politique de premier plan. Par la suite, il deviendra l'un des plus farouches opposants au régime, ce qui le contraindra à quitter la France et à s'exiler dans les îles anglo-normandes après le coup d'État du 2 décembre 1851.

Vingt ans plus tôt, en 1829, Victor Hugo a réussi à publier un roman novateur et contestataire, *Le Dernier Jour d'un condamné*. Poussé par des amis à qui il avait lu son manuscrit, le jeune écrivain persuade Charles Gosselin de publier ce curieux texte malgré les réticences de l'éditeur : car enfin, comment identifier le genre du texte ? Un roman ? Un journal ? Un plaidoyer ? Pourquoi refuser de raconter l'histoire du condamné ? Cela n'est-il pas risqué, critiquable ? Mais Victor Hugo ne cède à aucune demande de modification : les raisons pour lesquelles son prisonnier est condamné n'ont aucune importance, seule la dénonciation de la barbarie de la sentence qu'on lui réserve compte.

Dès sa parution, *Le Dernier Jour d'un condamné* rencontre autant d'admirateurs passionnés que de virulents détracteurs. Comme le disent eux-mêmes les ridicules personnages de la saynète «Une comédie à propos d'une tragédie», l'une des trois préfaces du roman où Victor Hugo se moque de ses adversaires, le livre effraie, scandalise, fait du bruit. Il est jugé comme une longue «agonie de trois cents pages» (expression d'un critique de l'époque, Jules Janin), une œuvre horrible, qui ne prouve rien mais épouvante. Fait remarquable, les critiques semblent se focaliser sur le style de l'écriture et sur le genre indéterminé de l'œuvre plus que sur le propos lui-même. On hésite: s'agit-il de l'œuvre d'un artiste ou d'un pamphlétaire?

S'il joue de cette ambiguïté, le roman de Victor Hugo est pourtant ancré dans un débat historique exacerbé depuis la Révolution française: l'abolition de la peine de mort. Au XIXᵉ siècle, les condamnations à mort sont encore très fréquentes. Très vite, Victor Hugo est convaincu que le progrès social et moral est impossible dans une société où une punition aussi cruelle et inhumaine est la seule réponse donnée à la criminalité. Ce texte court mais saisissant signe le début d'un combat qu'il mènera tout au long de sa vie, en politique comme en littérature.

Préfaces

Préface de la première édition

Il y a deux manières de se rendre compte de l'existence de ce livre. Ou il y a eu, en effet, une liasse de papiers jaunes et inégaux sur lesquels on a trouvé, enregistrées une à une, les dernières pensées d'un misérable ; ou il s'est rencontré un homme, un rêveur occupé à observer la nature au profit de l'art, un philosophe, un poète, que sais-je ? dont cette idée a été la fantaisie, qui l'a prise ou plutôt s'est laissé prendre par elle, et n'a pu s'en débarrasser qu'en la jetant dans un livre.

De ces deux explications, le lecteur choisira celle qu'il voudra.

Une comédie
à propos d'une tragédie[1]*

PERSONNAGES

MADAME DE BLINVAL.

LE CHEVALIER.

ERGASTE.

UN POÈTE ÉLÉGIAQUE[2].

UN PHILOSOPHE.

UN GROS MONSIEUR.

UN MONSIEUR MAIGRE.

DES FEMMES.

UN LAQUAIS.

---

1. * Nous avons cru devoir réimprimer ici l'espèce de préface en dialogue qu'on va lire, et qui accompagnait la troisième édition du *Dernier Jour d'un condamné*. Il faut se rappeler, en la lisant, au milieu de quelles objections politiques, morales et littéraires les premières éditions de ce livre furent publiées. [Toutes les notes accompagnées d'un astérisque * sont de Victor Hugo lui-même.]
2. Poète élégiaque : poète écrivant des élégies, c'est-à-dire des poèmes lyriques au ton plaintif exprimant les douleurs de l'homme.

Un salon

Un poète élégiaque, *lisant.*

....

....

Le lendemain, des pas traversaient la forêt,
Un chien le long du fleuve en aboyant errait ;
Et quand la bachelette[1] en larmes
Revint s'asseoir, le cœur rempli d'alarmes,
5 Sur la tant vieille tour de l'antique châtel,
Elle entendit les flots gémir, la triste Isaure,
Mais plus n'entendit la mandore[2]
Du gentil ménestrel !

Tout l'auditoire. – Bravo ! charmant ! ravissant !

10 *On bat des mains.*

Madame de Blinval. – Il y a dans cette fin un mystère indéfinissable qui tire les larmes des yeux.

Le poète élégiaque, *modestement.* – La catastrophe est voilée.

Le chevalier, *hochant la tête.* – *Mandore, ménestrel,* c'est du romantique, ça !

15 **Le poète élégiaque.** – Oui, monsieur, mais du romantique raisonnable, du vrai romantique. Que voulez-vous ? Il faut bien faire quelques concessions.

---

1. Bachelette : jeune fille.
2. Mandore : ancien instrument à cordes ressemblant au luth.

Le Chevalier. – Des concessions ! des concessions ! c'est comme cela qu'on perd le goût. Je donnerais tous les vers romantiques seulement pour ce quatrain :

> De par le Pinde et par Cythère,
> Gentil-Bernard est averti
> Que l'Art d'Aimer doit samedi
> Venir souper chez l'Art de Plaire.

Voilà la vraie poésie ! L'*Art d'Aimer qui soupe samedi chez l'Art de Plaire* ! à la bonne heure ! Mais aujourd'hui c'est *la mandore, le ménestrel.* On ne fait plus de *poésies fugitives.* Si j'étais poète, je ferais des *poésies fugitives* : mais je ne suis pas poète, moi.

Le poète élégiaque. – Cependant, les élégies…

Le Chevalier. – *Poésies fugitives,* monsieur. *(Bas à Mme de Blinval.)* Et puis, *châtel* n'est pas français ; on dit *castel.*

Quelqu'un, *au poète élégiaque.* – Une observation, monsieur. Vous dites l'*antique châtel,* pourquoi pas le *gothique* ?

Le poète élégiaque. – *Gothique* ne se dit pas en vers.

Le quelqu'un. – Ah ! c'est différent.

Le poète élégiaque, *poursuivant.* – Voyez-vous bien, monsieur, il faut se borner. Je ne suis pas de ceux qui veulent désorganiser le vers français, et nous ramener à l'époque des Ronsard et des Brébeuf. Je suis romantique, mais modéré. C'est comme pour les émotions. Je les veux douces, rêveuses, mélancoliques, mais jamais de sang, jamais d'horreurs. Voiler les catastrophes. Je sais qu'il y a des gens, des fous, des imaginations en délire qui… Tenez, mesdames, avez-vous lu le nouveau roman ?

Les dames. – Quel roman ?

Le poète élégiaque. – *Le Dernier Jour…*

Un gros monsieur. – Assez, monsieur ! je sais ce que vous voulez dire. Le titre seul me fait mal aux nerfs.

Madame de Blinval. – Et à moi aussi. C'est un livre affreux. Je l'ai
50 là.

Les dames. – Voyons, voyons.

On se passe le livre de main en main.

Quelqu'un, *lisant.* – *Le Dernier Jour d'un…*

Le gros monsieur. – Grâce, madame !

55 **Madame de Blinval.** – En effet, c'est un livre abominable, un livre
qui donne le cauchemar, un livre qui rend malade.

Une femme, *bas.* – Il faudra que je lise cela.

Le gros monsieur. – Il faut convenir que les mœurs vont se dépravant
de jour en jour. Mon Dieu, l'horrible idée ! développer, creuser,
60 analyser, l'une après l'autre et sans en passer une seule, toutes les
souffrances physiques, toutes les tortures morales que doit éprouver
un homme condamné à mort, le jour de l'exécution ! Cela n'est-il
pas atroce ? Comprenez-vous, mesdames, qu'il se soit trouvé un
écrivain pour cette idée, et un public pour cet écrivain ?

65 **Le chevalier.** – Voilà en effet qui est souverainement impertinent.

Madame de Blinval. – Qu'est-ce que c'est que l'auteur ?

Le gros monsieur. – Il n'y avait pas de nom à la première édition.

Le poète élégiaque. – C'est le même qui a déjà fait deux autres
romans[1]… ma foi, j'ai oublié les titres. Le premier commence à la
70 Morgue et finit à la Grève[2]. À chaque chapitre, il y a un ogre qui
mange un enfant.

Le gros monsieur. – Vous avez lu cela, monsieur ?

---

1. Il s'agit de *Bug-Jargal* et de *Han d'Islande*.
2. À la Grève : la place de Grève à Paris, où se trouvait l'Hôtel de Ville, et où, depuis
la Révolution française, avaient lieu les exécutions publiques.

Le Dernier Jour d'un condamné

LE POÈTE ÉLÉGIAQUE. – Oui, monsieur : la scène se passe en Islande.

75 LE GROS MONSIEUR. – En Islande, c'est épouvantable !

LE POÈTE ÉLÉGIAQUE. – Il a fait en outre des odes, des ballades, je ne sais quoi, où il y a des monstres qui ont des *corps bleus*.

LE CHEVALIER, *riant*. – Corbleu ! cela doit faire un furieux vers.

LE POÈTE ÉLÉGIAQUE. – Il a publié aussi un drame, – on appelle cela
80 un drame – où l'on trouve ce beau vers :

Demain vingt-cinq juin mil six cent cinquante-sept[1].

QUELQU'UN. – Ah, ce vers !

LE POÈTE ÉLÉGIAQUE. – Cela peut s'écrire en chiffres, voyez-vous, mesdames :

85 Demain, 25 juin 1657.

Il rit. On rit.

LE CHEVALIER. – C'est une chose particulière que la poésie d'à présent.

LE GROS MONSIEUR. – Ah çà ! il ne sait pas versifier, cet homme-là ! Comment donc s'appelle-t-il déjà ?

90 LE POÈTE ÉLÉGIAQUE. – Il a un nom aussi difficile à retenir qu'à prononcer. Il y a du goth, du wisigoth, de l'ostrogoth dedans.

Il rit.

MADAME DE BLINVAL. – C'est un vilain homme.

LE GROS MONSIEUR. – Un abominable homme.

95 UNE JEUNE FEMME. – Quelqu'un qui le connaît m'a dit…

---

1. Premier vers d'une pièce de Victor Hugo, *Cromwell* (1827), connue surtout pour sa préface où l'auteur théorise et défend le drame romantique, qui transgresse les règles du théâtre classique.

Une comédie à propos d'une tragédie

Le gros monsieur. – Vous connaissez quelqu'un qui le connaît ?

La jeune femme. – Oui, et qui dit que c'est un homme doux, simple, qui vit dans la retraite et passe ses journées à jouer avec ses enfants.

100 **Le poète.** – Et ses nuits à rêver des œuvres de ténèbres. – C'est singulier ; voilà un vers que j'ai fait tout naturellement. Mais c'est qu'il y est, le vers :

Et ses nuits à rêver des œuvres de ténèbres.

Avec une bonne césure. Il n'y a plus que l'autre rime à trouver.
105 Pardieu ! *funèbres*.

Madame de Blinval. – *Quidquid tentabat dicere, versus erat* [1].

Le gros monsieur. – Vous disiez donc que l'auteur en question a des petits enfants. Impossible, madame. Quand on a fait cet ouvrage-là ! un roman atroce !

110 **Quelqu'un.** – Mais, ce roman, dans quel but l'a-t-il fait ?

Le poète élégiaque. – Est-ce que je sais, moi ?

Un philosophe. – À ce qu'il paraît, dans le but de concourir à l'abolition de la peine de mort.

Le gros monsieur. – Une horreur, vous dis-je !

115 **Le chevalier.** – Ah çà ! c'est donc un duel avec le bourreau ?

Le poète élégiaque. – Il en veut terriblement à la guillotine.

Un monsieur maigre. – Je vois cela d'ici. Des déclamations.

Le gros monsieur. – Point. Il y a à peine deux pages sur ce texte de la peine de mort. Tout le reste, ce sont des sensations.

---

1. *Quidquid tentabat dicere, versus erat* : «Tout ce qu'il tentait de dire devenait vers», c'est ce que dit le poète latin Ovide, dans *Les Tristes*, sur lui-même.

LE PHILOSOPHE. – Voilà le tort. Le sujet méritait le raisonnement. Un drame, un roman ne prouve rien. Et puis, j'ai lu le livre, et il est mauvais.

LE POÈTE ÉLÉGIAQUE. – Détestable ! Est-ce que c'est là de l'art ? C'est passer les bornes, c'est casser les vitres. Encore, ce criminel, si je le connaissais ? mais point. Qu'a-t-il fait ? on n'en sait rien. C'est peut-être un fort mauvais drôle. On n'a pas le droit de m'intéresser à quelqu'un que je ne connais pas.

LE GROS MONSIEUR. – On n'a pas le droit de faire éprouver à son lecteur des souffrances physiques. Quand je vois des tragédies, on se tue, eh bien ! cela ne me fait rien. Mais ce roman, il vous fait dresser les cheveux sur la tête, il vous fait venir la chair de poule, il vous donne de mauvais rêves. J'ai été deux jours au lit pour l'avoir lu.

LE PHILOSOPHE. – Ajoutez à cela que c'est un livre froid et compassé.

LE POÈTE. – Un livre !… un livre !…

LE PHILOSOPHE. – Oui. – Et comme vous disiez tout à l'heure, monsieur, ce n'est point là de véritable esthétique. Je ne m'intéresse pas à une abstraction, à une entité pure. Je ne vois point là une personnalité qui s'adéquate avec la mienne. Et puis, le style n'est ni simple ni clair. Il sent l'archaïsme. C'est bien là ce que vous disiez, n'est-ce pas ?

LE POÈTE. – Sans doute, sans doute. Il ne faut pas de personnalités.

LE PHILOSOPHE. – Le condamné n'est pas intéressant.

LE POÈTE. – Comment intéresserait-il ? il a un crime et pas de remords. J'eusse fait tout le contraire. J'eusse conté l'histoire de mon condamné. Né de parents honnêtes. Une bonne éducation. De l'amour. De la jalousie. Un crime qui n'en soit pas un. Et puis des remords, des remords, beaucoup de remords. Mais les lois humaines sont implacables : il faut qu'il meure. Et là j'aurais traité ma question de la peine de mort. À la bonne heure !

Madame de Blinval. – Ah! ah!

Le philosophe. – Pardon. Le livre, comme l'entend monsieur, ne prouverait rien. La particularité ne régit pas la généralité.

Le poète. – Eh bien! mieux encore; pourquoi n'avoir pas choisi pour héros, par exemple... Malesherbes, le vertueux Malesherbes[1]? son dernier jour, son supplice? Oh! alors, beau et noble spectacle! J'eusse pleuré, j'eusse frémi, j'eusse voulu monter sur l'échafaud avec lui.

Le philosophe. – Pas moi.

Le chevalier. – Ni moi. C'était un révolutionnaire, au fond, que votre M. de Malesherbes.

Le philosophe. – L'échafaud de Malesherbes ne prouve rien contre la peine de mort en général.

Le gros monsieur. – La peine de mort! à quoi bon s'occuper de cela? Qu'est-ce que cela vous fait, la peine de mort? Il faut que cet auteur soit bien mal né de venir nous donner le cauchemar à ce sujet avec son livre!

Madame de Blinval. – Ah! oui, un bien mauvais cœur!

Le gros monsieur. – Il nous force à regarder dans les prisons, dans les bagnes, dans Bicêtre. C'est fort désagréable. On sait bien que ce sont des cloaques. Mais qu'importe à la société?

Madame de Blinval. – Ceux qui ont fait les lois n'étaient pas des enfants.

Le philosophe. – Ah! cependant! en présentant les choses avec vérité...

Le monsieur maigre. – Eh! c'est justement ce qui manque, la vérité. Que voulez-vous qu'un poète sache sur de pareilles matières? Il

---

1. Malesherbes : avocat de Louis XVI pendant son procès. Il fut guillotiné pendant la Terreur en 1794.

faudrait être au moins procureur du roi. Tenez : j'ai lu dans une citation qu'un journal faisait de ce livre, que le condamné ne dit rien quand on lui lit son arrêt de mort ! eh bien, moi, j'ai vu un condamné qui, dans ce moment-là, a poussé un grand cri. – Vous voyez.

LE PHILOSOPHE. – Permettez…

LE MONSIEUR MAIGRE. – Tenez, messieurs, la guillotine, la Grève, c'est de mauvais goût. Et la preuve, c'est qu'il paraît que c'est un livre qui corrompt le goût, et vous rend incapable d'émotions pures, fraîches, naïves. Quand donc se lèveront les défenseurs de la saine littérature ? Je voudrais être, et mes réquisitoires m'en donneraient peut-être le droit, membre de l'académie française… – Voilà justement monsieur Ergaste, qui en est. Que pense-t-il du *Dernier Jour d'un condamné* ?

ERGASTE. – Ma foi, monsieur, je ne l'ai lu ni ne le lirai. Je dînais hier chez Mme de Sénange, et la marquise de Morival en a parlé au duc de Melcour. On dit qu'il y a des personnalités contre la magistrature, et surtout contre le président d'Alimont. L'abbé de Floricour aussi était indigné. Il paraît qu'il y a un chapitre contre la religion, et un chapitre contre la monarchie. Si j'étais procureur du roi !…

LE CHEVALIER. – Ah bien oui, procureur du roi ! et la charte[1] ! et la liberté de la presse ! Cependant, un poète qui veut supprimer la peine de mort, vous conviendrez que c'est odieux. Ah ! ah ! dans l'Ancien Régime, quelqu'un qui se serait permis de publier un roman contre la torture !… Mais depuis la prise de la Bastille, on peut tout écrire. Les livres font un mal affreux.

LE GROS MONSIEUR. – Affreux. On était tranquille, on ne pensait à rien. Il se coupait bien de temps en temps en France une tête par-ci par-là, deux tout au plus par semaine. Tout cela sans bruit, sans scandale.

---

1. La charte : acte constitutionnel de la Restauration qui reconnaît, malgré quelques réserves, la liberté de la presse.

Ils ne disaient rien. Personne n'y songeait. Pas du tout, voilà un livre… – un livre qui vous donne un mal de tête horrible !

Le monsieur maigre. – Le moyen qu'un juré condamne après l'avoir lu !

Ergaste. – Cela trouble les consciences.

Madame de Blinval. – Ah ! les livres ! les livres ! Qui eût dit cela d'un roman ?

Le poète. – Il est certain que les livres sont bien souvent un poison subversif de l'ordre social.

Le monsieur maigre. – Sans compter la langue, que messieurs les romantiques révolutionnent aussi.

Le poète. – Distinguons, monsieur ; il y a romantiques et romantiques.

Le monsieur maigre. – Le mauvais goût, le mauvais goût.

Ergaste. – Vous avez raison. Le mauvais goût.

Le monsieur maigre. – Il n'y a rien à répondre à cela.

Le philosophe, *appuyé au fauteuil d'une dame.* – Ils disent là des choses qu'on ne dit même plus rue Mouffetard.

Ergaste. – Ah ! l'abominable livre !

Madame de Blinval. – Hé ! ne le jetez pas au feu. Il est à la loueuse.

Le chevalier. – Parlez-moi de notre temps. Comme tout s'est dépravé[1] depuis, le goût et les mœurs ! Vous souvient-il de notre temps, madame de Blinval ?

Madame de Blinval. – Non, monsieur, il ne m'en souvient pas.

_____

1. Dépravé : déréglé, qui a perdu le sens moral.

Le Dernier Jour d'un condamné

LE CHEVALIER. – Nous étions le peuple le plus doux, le plus gai, le plus spirituel. Toujours de belles fêtes, de jolis vers. C'était charmant. Y a-t-il rien de plus galant que le madrigal[1] de M. de La Harpe[2] sur le grand bal que Mme la maréchale de Mailly[3] donna en mil sept cent... l'année de l'exécution de Damiens[4] ?

LE GROS MONSIEUR, *soupirant.* – Heureux temps ! Maintenant les mœurs sont horribles, et les livres aussi. C'est le beau vers de Boileau :

Et la chute des arts suit la décadence des mœurs[5].

LE PHILOSOPHE, *bas au poète.* – Soupe-t-on dans cette maison ?

LE POÈTE ÉLÉGIAQUE. – Oui, tout à l'heure [6].

LE MONSIEUR MAIGRE. – Maintenant on veut abolir la peine de mort, et pour cela on fait des romans cruels, immoraux et de mauvais goût, *Le Dernier Jour d'un condamné*, que sais-je ?

LE GROS MONSIEUR. – Tenez, mon cher, ne parlons plus de ce livre atroce ; et, puisque je vous rencontre, dites-moi, que faites-vous de cet homme dont nous avons rejeté le pourvoi depuis trois semaines ?

LE MONSIEUR MAIGRE. – Ah ! un peu de patience ! je suis en congé ici. Laissez-moi respirer. À mon retour. Si cela tarde trop pourtant, j'écrirai à mon substitut...

UN LAQUAIS, *entrant.* – Madame est servie.

---

1. Madrigal : petite pièce de poésie prenant la forme d'un compliment adressé à une femme.
2. Jean-François de La Harpe (1739-1803) : poète, traducteur, auteur dramatique, critique célèbre ; il a laissé un ouvrage important, *Le Lycée ou Cours de littérature*.
3. Mme la maréchale de Mailly : favorite de Louis XV.
4. Robert François Damiens : il fut condamné à l'écartèlement pour avoir tenté d'assassiner Louis XV. Son supplice, qui a duré plusieurs heures, a profondément marqué les esprits.
5. Il s'agit en fait d'un vers mal cité de Nicolas Gilbert, dont l'original est : « Et la chute des arts suit la perte des mœurs. »
6. Tout à l'heure : tout de suite.

Préface de 1832

Il n'y avait en tête des premières éditions de cet ouvrage, publié d'abord sans nom d'auteur, que les quelques lignes qu'on va lire :

« Il y a deux manières de se rendre compte de l'existence de ce livre. Ou il y a eu, en effet, une liasse de papiers jaunes et inégaux sur lesquels on a trouvé, enregistrées une à une, les dernières pensées d'un misérable ; ou il s'est rencontré un homme, un rêveur occupé à observer la nature au profit de l'art, un philosophe, un poète, que sais-je ? dont cette idée a été la fantaisie, qui l'a prise ou plutôt s'est laissé prendre par elle, et n'a pu s'en débarrasser qu'en la jetant dans un livre.

« De ces deux explications, le lecteur choisira celle qu'il voudra. »

Comme on le voit, à l'époque où ce livre fut publié, l'auteur ne jugea pas à propos de dire dès lors toute sa pensée. Il aima mieux attendre qu'elle fût comprise et voir si elle le serait. Elle l'a été. L'auteur aujourd'hui peut démasquer l'idée politique, l'idée sociale, qu'il avait voulu populariser sous cette innocente et candide forme littéraire. Il déclare donc, ou plutôt il avoue hautement que *Le Dernier Jour d'un condamné* n'est autre chose qu'un plaidoyer, direct ou indirect, comme on voudra, pour l'abolition de la peine de mort. Ce qu'il a eu dessein de faire, ce qu'il voudrait que la postérité vît dans son œuvre, si jamais elle s'occupe de si peu, ce n'est pas la défense spéciale, et toujours facile, et toujours transitoire, de tel ou tel criminel choisi, de tel ou tel accusé d'élection ; c'est la plaidoirie générale et permanente pour tous les accusés présents et à venir ; c'est le grand point de droit de l'humanité allégué et plaidé à toute voix devant la société, qui est la grande cour de cassation[1] ; c'est cette suprême fin de non-recevoir, *abhorrescere a sanguine*[2], construite à tout jamais en avant de tous les procès criminels ; c'est la sombre et fatale question qui palpite obscurément au fond de toutes les causes capitales sous les triples épaisseurs de pathos dont l'enveloppe la rhétorique sanglante des gens du roi ; c'est la question de vie et de mort, dis-je, déshabillée, dénudée, dépouillée des entortillages sonores du parquet[3], brutalement mise au jour, et posée où il faut qu'on la voie, où il faut qu'elle soit, où elle est réellement, dans son vrai milieu, dans son milieu horrible, non au tribunal, mais à l'échafaud, non chez le juge, mais chez le bourreau.

Voilà ce qu'il a voulu faire. Si l'avenir lui décernait un jour la gloire de l'avoir fait, ce qu'il n'ose espérer, il ne voudrait pas d'autre couronne.

Il le déclare donc, et il le répète, il occupe, au nom de tous les accusés possibles, innocents ou coupables, devant toutes les cours, tous les prétoires, tous les jurys, toutes les justices. Ce livre est adressé à quiconque juge. Et pour que le plaidoyer soit aussi vaste que la cause, il a dû, et c'est pour cela que *Le Dernier Jour d'un condamné* est ainsi fait, élaguer de toutes parts dans son sujet le contingent, l'accident, le particulier, le spécial, le relatif, le modifiable, l'épisode, l'anecdote, l'événement, le nom propre, et se borner (si c'est là se borner) à plaider la cause d'un condamné quelconque, exécuté un jour quelconque, pour un crime quelconque. Heureux si, sans autre outil que sa pensée, il a fouillé assez avant pour faire saigner un cœur sous l'*æs triplex*[4] du magistrat ! heureux s'il a rendu pitoyables ceux qui se croient justes ! heureux si, à force de creuser dans le juge, il a réussi quelquefois à y retrouver un homme !

Il y a trois ans, quand ce livre parut, quelques personnes imaginèrent que cela valait la peine d'en contester l'idée à l'auteur.

---

1. **Cour de cassation** : juridiction suprême de l'ordre judiciaire.
2. **Abhorrescere a sanguine** : « Avoir horreur du sang ».
3. **Parquet** : instance judiciaire sous l'autorité du ministre de la Justice.
4. **Æs triplex** : « Triple airain », expression qui désigne la dureté du magistrat.

Les uns supposèrent un livre anglais, les autres un livre américain. Singulière manie de chercher à mille lieues les origines des choses, et de faire couler des sources du Nil le ruisseau qui lave votre rue ! Hélas ! il n'y a en ceci ni livre anglais, ni livre américain, ni livre chinois. L'auteur a pris l'idée du *Dernier Jour d'un condamné*, non dans un livre, il n'a pas l'habitude d'aller chercher ses idées si loin, mais là où vous pouviez tous la prendre, où vous l'aviez prise peut-être (car qui n'a fait ou rêvé dans son esprit *Le Dernier Jour d'un condamné ?*), tout bonnement sur la place publique, sur la place de Grève. C'est là qu'un jour en passant il a ramassé cette idée fatale, gisante dans une mare de sang sous les rouges moignons de la guillotine.

Depuis, chaque fois qu'au gré des funèbres jeudis de la cour de cassation, il arrivait un de ces jours où le cri d'un arrêt de mort se fait dans Paris, chaque fois que l'auteur entendait passer sous ses fenêtres ces hurlements enroués qui ameutent des spectateurs pour la Grève, chaque fois, la douloureuse idée lui revenait, s'emparait de lui, lui emplissait la tête de gendarmes, de bourreaux et de foule, lui expliquait heure par heure les dernières souffrances du misérable agonisant, – en ce moment on le confesse, en ce moment on lui coupe les cheveux, en ce moment on lui lie les mains, – le sommait, lui pauvre poète, de dire tout cela à la société, qui fait ses affaires pendant que cette chose monstrueuse s'accomplit, le pressait, le poussait, le secouait, lui arrachait ses vers de l'esprit, s'il était en train d'en faire, et les tuait à peine ébauchés, barrait tous ses travaux, se mettait en travers de tout, l'investissait, l'obsédait, l'assiégeait. C'était un supplice, un supplice qui commençait avec le jour, et qui durait, comme celui du misérable qu'on torturait au même moment, jusqu'à *quatre heures*. Alors seulement, une fois le *ponens caput expiravit*[1] crié par la voix sinistre de l'horloge, l'auteur respirait et retrouvait quelque liberté d'esprit. Un jour enfin, c'était, à ce qu'il croit, le lendemain de l'exécution d'Ulbach, il se mit à

---

1. *Ponens caput expiravit* : « Penchant la tête, il rendit son dernier souffle ». Cette allusion à la Crucifixion, qui compare l'exécution du condamné au Calvaire de Jésus, a de quoi choquer pour l'époque.

Le Dernier Jour d'un condamné

écrire ce livre. Depuis lors il a été soulagé. Quand un de ces crimes publics, qu'on nomme exécutions judiciaires, a été commis, sa conscience lui a dit qu'il n'en était plus solidaire ; et il n'a plus senti à son front cette goutte de sang qui rejaillit de la Grève sur la tête de tous les membres de la communauté sociale.

Toutefois, cela ne suffit pas. Se laver les mains[1] est bien, empêcher le sang de couler serait mieux.

Aussi ne connaîtrait-il pas de but plus élevé, plus saint, plus auguste que celui-là : concourir à l'abolition de la peine de mort. Aussi est-ce du fond du cœur qu'il adhère aux vœux et aux efforts des hommes généreux de toutes les nations qui travaillent depuis plusieurs années à jeter bas l'arbre patibulaire[2], le seul arbre que les révolutions ne déracinent pas. C'est avec joie qu'il vient à son tour, lui chétif, donner son coup de cognée, et élargir de son mieux l'entaille que Beccaria[3] a faite, il y a soixante-six ans, au vieux gibet dressé depuis tant de siècles sur la chrétienté.

Nous venons de dire que l'échafaud est le seul édifice que les révolutions ne démolissent pas. Il est rare, en effet, que les révolutions soient sobres de sang humain, et, venues qu'elles sont pour émonder, pour ébrancher, pour étêter la société, la peine de mort est une des serpes dont elles se dessaisissent le plus malaisément.

Nous l'avouerons cependant, si jamais révolution nous parut digne et capable d'abolir la peine de mort, c'est la révolution de juillet[4]. Il semble, en effet, qu'il appartenait au mouvement populaire le plus clément des temps modernes de raturer la pénalité barbare de Louis XI, de Richelieu et de Robespierre, et d'inscrire

---

1. Se laver les mains : expression devenue proverbiale et qui fait référence au geste de Ponce Pilate déclinant ainsi toute responsabilité dans la mort de Jésus.
2. Arbre patibulaire : la guillotine. « Patibulaire » signifie « qui concerne le gibet » et par extension « qui a un aspect inquiétant et sinistre ».
3. Cesare Beccaria (1738-1794) : juriste, philosophe, économiste et homme de lettres influencé par le courant des Lumières. Dans *Des délits et des peines*, il fonde le droit pénal moderne et développe notamment la toute première argumentation contre la peine de mort.
4. La révolution de Juillet : révolution dite des « Trois Glorieuses », qui se déroula sur trois journées, les 27, 28 et 29 juillet 1830, et qui amena Louis-Philippe au pouvoir.

Préface de 1832

au front de la loi l'inviolabilité de la vie humaine. 1830 méritait de briser le couperet de 93.

115   Nous l'avons espéré un moment. En août 1830, il y avait tant de générosité et de pitié dans l'air, un tel esprit de douceur et de civilisation flottait dans les masses, on se sentait le cœur si bien épanoui par l'approche d'un bel avenir, qu'il nous sembla que la peine de mort était abolie de droit, d'emblée, d'un consentement tacite et 120 unanime, comme le reste des choses mauvaises qui nous avaient gênés. Le peuple venait de faire un feu de joie des guenilles de l'ancien régime. Celle-là était la guenille sanglante. Nous la crûmes dans le tas. Nous la crûmes brûlée comme les autres. Et pendant quelques semaines, confiant et crédule, nous eûmes foi pour l'avenir 125 à l'inviolabilité de la vie comme à l'inviolabilité de la liberté.

    Et en effet deux mois s'étaient à peine écoulés qu'une tentative fut faite pour résoudre en réalité légale l'utopie sublime de César Bonesana.

    Malheureusement, cette tentative fut gauche, maladroite, presque 130 hypocrite, et faite dans un autre intérêt que l'intérêt général.

    Au mois d'octobre 1830, on se le rappelle, quelques jours après avoir écarté par l'ordre du jour la proposition d'ensevelir Napoléon sous la colonne, la Chambre tout entière se mit à pleurer et à bramer. La question de la peine de mort fut mise sur le tapis, nous allons 135 dire quelques lignes plus bas à quelle occasion ; et alors il sembla que toutes ces entrailles de législateurs étaient prises d'une subite et merveilleuse miséricorde. Ce fut à qui parlerait, à qui gémirait, à qui lèverait les mains au ciel. La peine de mort, grand Dieu ! quelle horreur ! Tel vieux procureur général, blanchi dans la robe rouge, 140 qui avait mangé toute sa vie le pain trempé de sang des réquisitoires, se composa tout à coup un air piteux et attesta les dieux qu'il était indigné de la guillotine. Pendant deux jours la tribune ne désemplit pas de harangueurs en pleureuses. Ce fut une lamentation, une myriologie[1], un concert de psaumes lugubres, un *Super flumina*

---

1. Myriologie : chant funèbre.

Le Dernier Jour d'un condamné

145 *Babylonis*[1], un *Stabat mater dolorosa*[2], une grande symphonie en *ut*,
avec chœurs, exécutée par tout cet orchestre d'orateurs qui garnit
les premiers bancs de la Chambre, et rend de si beaux sons dans
les grands jours. Tel vint avec sa basse, tel avec son fausset. Rien n'y
manqua. La chose fut on ne peut plus pathétique et pitoyable. La
150 séance de nuit surtout fut tendre, paterne et déchirante comme un
cinquième acte de Lachaussée[3]. Le bon public, qui n'y comprenait
rien, avait les larmes aux yeux[4]*.

De quoi s'agissait-il donc ? d'abolir la peine de mort ?

Oui et non.

155 Voici le fait :

Quatre hommes du monde[5], quatre hommes comme il faut, de
ces hommes qu'on a pu rencontrer dans un salon, et avec qui peut-
être on a échangé quelques paroles polies ; quatre de ces hommes,
dis-je, avaient tenté, dans les hautes régions politiques, un de ces
160 coups hardis que Bacon appelle *crimes*, et que Machiavel[6] appelle
entreprises. Or, crime ou entreprise, la loi, brutale pour tous, punit
cela de mort. Et les quatre malheureux étaient là, prisonniers, captifs
de la loi, gardés par trois cents cocardes tricolores sous les belles
ogives de Vincennes. Que faire et comment faire ? Vous comprenez

---

1. *Super flumina Babylonis* : « Au bord des fleuves de Babylone », premier vers du
psaume 137 qui chante l'exil du peuple élu à Babylone.
2. *Stabat mater dolorosa* : « La mère du Christ se tenait debout, éplorée » (Évangile de Jean, 19, 25). Un *Stabat mater* est aussi une œuvre musicale inspirée par ces
paroles.
3. Pierre-Claude Nivelle de La Chaussée (1692-1754) : dramaturge considéré
comme le père de la « comédie larmoyante ».
4.* Nous ne prétendons pas envelopper dans le même dédain tout ce qui a été dit à
cette occasion à la Chambre. Il s'est bien prononcé çà et là quelques belles et dignes
paroles. Nous avons applaudi, comme tout le monde, au discours grave et simple
de M. de Lafayette, et, dans une autre nuance, à la remarquable improvisation de
M. Villemain.
5. Quatre hommes du monde : quatre ministres de Charles X tenus pour respon-
sables des ordonnances de juillet (qui restreignaient fortement les libertés et ont
déclenché la révolution des « Trois Glorieuses »). Ils furent mis en accusation par la
Chambre en 1831. Leur chef, évoqué ici, est Jules de Poulignac.
6. Francis Bacon (1561-1626) et **Nicolas Machiavel** (1469-1527) : deux grands
philosophes et théoriciens de la politique de la Renaissance.

Préface de 1832

165 qu'il est impossible d'envoyer à la Grève, dans une charrette, ignoblement liés avec de grosses cordes, dos à dos avec ce fonctionnaire qu'il ne faut pas seulement nommer, quatre hommes comme vous et moi, quatre *hommes du monde* ? Encore s'il y avait une guillotine en acajou !

170 Hé ! il n'y a qu'à abolir la peine de mort !

Et là-dessus, la Chambre se met en besogne.

Remarquez, messieurs, qu'hier encore vous traitiez cette abolition d'utopie, de théorie, de rêve, de folie, de poésie. Remarquez que ce n'est pas la première fois qu'on cherche à appeler votre

175 attention sur la charrette, sur les grosses cordes et sur l'horrible machine écarlate, et qu'il est étrange que ce hideux attirail vous saute ainsi aux yeux tout à coup.

Bah ! c'est bien de cela qu'il s'agit ! Ce n'est pas à cause de vous, peuple, que nous abolissons la peine de mort, mais à cause de nous,

180 députés qui pouvons être ministres. Nous ne voulons pas que la mécanique de Guillotin[1] morde les hautes classes. Nous la brisons. Tant mieux si cela arrange tout le monde, mais nous n'avons songé qu'à nous. Ucalégon brûle[2]. Éteignons le feu. Vite, supprimons le bourreau, biffons le code.

185 Et c'est ainsi qu'un alliage d'égoïsme altère et dénature les plus belles combinaisons sociales. C'est la veine noire dans le marbre blanc ; elle circule partout, et apparaît à tout moment à l'improviste sous le ciseau. Votre statue est à refaire.

Certes, il n'est pas besoin que nous le déclarions ici, nous ne

190 sommes pas de ceux qui réclamaient les têtes des quatre ministres. Une fois ces infortunés arrêtés, la colère indignée que nous avait inspirée leur attentat s'est changée, chez nous comme chez tout

---

1. La mécanique de Guillotin : périphrase désignant la guillotine, du nom de Guillotin (1738-1814), médecin et député qui demanda l'instauration d'un système d'exécution plus efficace et moins barbare que les méthodes de l'époque.
2. Ucalégon brûle : allusion à l'*Énéide* de Virgile, épopée latine qui relate l'incendie de Troie (*Jam proximus ardet Ucalegon* : « et déjà, tout près, la maison d'Ucalégon prend feu »).

le monde, en une profonde pitié. Nous avons songé aux préjugés d'éducation de quelques-uns d'entre eux, au cerveau peu développé de leur chef[1], relaps fanatique et obstiné des conspirations de 1804, blanchi avant l'âge sous l'ombre humide des prisons d'état, aux nécessités fatales de leur position commune, à l'impossibilité d'enrayer sur cette pente rapide où la monarchie s'était lancée elle-même à toute bride le 8 août 1829[2], à l'influence trop peu calculée par nous jusqu'alors de la personne royale, surtout à la dignité que l'un d'entre eux répandait comme un manteau de pourpre sur leur malheur. Nous sommes de ceux qui leur souhaitaient bien sincèrement la vie sauve, et qui étaient prêts à se dévouer pour cela. Si jamais, par impossible, leur échafaud eût été dressé un jour en Grève, nous ne doutons pas, et si c'est une illusion nous voulons la conserver, nous ne doutons pas qu'il n'y eût eu une émeute pour le renverser, et celui qui écrit ces lignes eût été de cette sainte émeute. Car, il faut bien le dire aussi, dans les crises sociales, de tous les échafauds, l'échafaud politique est le plus abominable, le plus funeste, le plus vénéneux, le plus nécessaire à extirper. Cette espèce de guillotine-là prend racine dans le pavé, et en peu de temps repousse de bouture sur tous les points du sol.

En temps de révolution, prenez garde à la première tête qui tombe. Elle met le peuple en appétit.

Nous étions donc personnellement d'accord avec ceux qui voulaient épargner les quatre ministres, et d'accord de toutes manières, par les raisons sentimentales comme par les raisons politiques. Seulement, nous eussions mieux aimé que la Chambre choisît une autre occasion pour proposer l'abolition de la peine de mort.

Si on l'avait proposée, cette souhaitable abolition, non à propos de quatre ministres tombés des Tuileries à Vincennes, mais à propos du premier voleur de grands chemins venu, à propos d'un

---

1. Il s'agit de Jules de Polignac, «relaps fanatique» (c'est-à-dire hérétique) car il prétendait recevoir ses ordres de la Vierge Marie.
2. 8 août 1829 : date de la mise en place d'un nouveau gouvernement ultra-royaliste, avec Polignac aux Affaires étrangères.

Préface de 1832

de ces misérables que vous regardez à peine quand ils passent près de vous dans la rue, auxquels vous ne parlez pas, dont vous évitez instinctivement le coudoiement poudreux ; malheureux dont l'enfance déguenillée a couru pieds nus dans la boue des carrefours, grelottant l'hiver au rebord des quais, se chauffant au soupirail des cuisines de M. Véfour[1] chez qui vous dînez, déterrant çà et là une croûte de pain dans un tas d'ordures et l'essuyant avant de la manger, grattant tout le jour le ruisseau avec un clou pour y trouver un liard, n'ayant d'autre amusement que le spectacle gratis de la fête du roi et les exécutions en Grève, cet autre spectacle gratis ; pauvres diables, que la faim pousse au vol, et le vol au reste ; enfants déshérités d'une société marâtre[2], que la maison de force prend à douze ans, le bagne à dix-huit, l'échafaud à quarante ; infortunés qu'avec une école et un atelier vous auriez pu rendre bons, moraux, utiles, et dont vous ne savez que faire, les versant, comme un fardeau inutile, tantôt dans la rouge fourmilière de Toulon[3], tantôt dans le muet enclos de Clamart[4], leur retranchant la vie après leur avoir volé la liberté ; si c'eût été à propos d'un de ces hommes que vous eussiez proposé d'abolir la peine de mort, oh ! alors, votre séance eût été vraiment digne, grande, sainte, majestueuse, vénérable. Depuis les augustes pères de Trente[5], invitant les hérétiques au concile au nom des entrailles de Dieu, *per viscera Dei*, parce qu'on espère leur conversion, *quoniam sancta synodus sperat hæreticorum conversionem*[6], jamais assemblée d'hommes n'aurait présenté au monde spectacle plus sublime, plus illustre et plus miséricordieux. Il a toujours appartenu à ceux qui sont vraiment forts et vraiment grands d'avoir souci

---

1. **M. Véfour** : chef d'un grand restaurant parisien.
2. **Marâtre** : cruelle et injuste.
3. **Toulon** : ville où se trouvait un célèbre bagne.
4. **Clamart** : cimetière des pauvres où l'on enterrait les condamnés à mort.
5. **Trente** : ville italienne où se tint un concile réunissant les membres de la Chrétienté de 1545 à 1563, afin de lutter contre les progrès de la Réforme protestante.
6. *Per viscera Dei*: expression latine équivalente à « au nom des entrailles de Dieu » ; *quoniam [...] conversionem* : « parce que le Saint Synode espère la conversion des hérétiques ».

Le Dernier Jour d'un condamné

du faible et du petit. Un conseil de brahmines[1] serait beau prenant
en main la cause du paria[2]. Et ici, la cause du paria, c'était la cause
du peuple. En abolissant la peine de mort, à cause de lui et sans
attendre que vous fussiez intéressés dans la question, vous faisiez
plus qu'une œuvre politique, vous faisiez une œuvre sociale.

Tandis que vous n'avez pas même fait une œuvre politique en
essayant de l'abolir, non pour l'abolir, mais pour sauver quatre
malheureux ministres pris la main dans le sac des coups d'état !

Qu'est-il arrivé ? c'est que, comme vous n'étiez pas sincères,
on a été défiant. Quand le peuple a vu qu'on voulait lui donner le
change, il s'est fâché contre toute la question en masse, et, chose
remarquable ! il a pris fait et cause pour cette peine de mort dont
il supporte pourtant tout le poids. C'est votre maladresse qui l'a
amené là. En abordant la question de biais et sans franchise, vous
l'avez compromise pour longtemps. Vous jouiez une comédie. On
l'a sifflée.

Cette farce pourtant, quelques esprits avaient eu la bonté de la
prendre au sérieux. Immédiatement après la fameuse séance, ordre
avait été donné aux procureurs généraux, par un garde des sceaux
honnête homme, de suspendre indéfiniment toutes exécutions capitales. C'était en apparence un grand pas. Les adversaires de la peine
de mort respirèrent. Mais leur illusion fut de courte durée.

Le procès des ministres fut mené à fin. Je ne sais quel arrêt fut
rendu. Les quatre vies furent épargnées. Ham[3] fut choisi comme
juste milieu entre la mort et la liberté. Ces divers arrangements une
fois faits, toute peur s'évanouit dans l'esprit des hommes d'État diri-
geants, et, avec la peur, l'humanité s'en alla. Il ne fut plus question
d'abolir le supplice capital ; et une fois qu'on n'eut plus besoin d'elle,
l'utopie redevint utopie, la théorie, théorie, la poésie, poésie.

---

1. Brahmines : en Inde, membres de la caste la plus respectée.
2. Paria : les parias font partie des castes inférieures en Inde. Considérés comme
impurs, ils sont rejetés et mis au ban de la société.
3. Ham : château de la Somme où furent emprisonnés les ministres, condamnés à
perpétuité.

Préface de 1832

Il y avait pourtant toujours dans les prisons quelques malheureux condamnés vulgaires qui se promenaient dans les préaux depuis cinq ou six mois, respirant l'air, tranquilles désormais, sûrs de vivre, prenant leur sursis pour leur grâce. Mais attendez.

Le bourreau, à vrai dire, avait eu grand'peur. Le jour où il avait entendu les faiseurs de lois parler humanité, philanthropie, progrès, il s'était cru perdu. Il s'était caché, le misérable, il s'était blotti sous sa guillotine, mal à l'aise au soleil de juillet comme un oiseau de nuit en plein jour, tâchant de se faire oublier, se bouchant les oreilles et n'osant souffler. On ne le voyait plus depuis six mois. Il ne donnait plus signe de vie. Peu à peu cependant il s'était rassuré dans ses ténèbres. Il avait écouté du côté des Chambres et n'avait pas entendu prononcer son nom. Plus de ces grands mots sonores dont il avait eu si grande frayeur. Plus de commentaires déclamatoires du *Traité des délits et des peines*. On s'occupait de toute autre chose, de quelque grave intérêt social, d'un chemin vicinal, d'une subvention pour l'Opéra-Comique, ou d'une saignée de cent mille francs sur un budget apoplectique[1] de quinze cents millions. Personne ne songeait plus à lui, coupe-tête. Ce que voyant, l'homme se tranquillise, il met sa tête hors de son trou, et regarde de tous côtés ; il fait un pas, puis deux, comme je ne sais plus quelle souris de La Fontaine[2], puis il se hasarde à sortir tout à fait de dessous son échafaudage, puis il saute dessus, le raccommode, le restaure, le fourbit, le caresse, le fait jouer, le fait reluire, se remet à suifer la vieille mécanique rouillée que l'oisiveté détraquait ; tout à coup il se retourne, saisit au hasard par les cheveux dans la première prison venue un de ces infortunés qui comptaient sur la vie, le tire à lui, le dépouille, l'attache, le boucle, et voilà les exécutions qui recommencent.

Tout cela est affreux, mais c'est de l'histoire.

---

1. Apoplectique : ici, en mauvais état.
2. La Fontaine : allusion à la fable « Le chat et un vieux rat », où les rats sortent de leur trou en pensant que leur ennemi chat est mort (III, 18, 24-27).

Le Dernier Jour d'un condamné

Oui, il y a eu un sursis de six mois accordé à de malheureux captifs, dont on a gratuitement aggravé la peine de cette façon en les faisant reprendre à la vie ; puis, sans raison, sans nécessité, sans trop savoir pourquoi, *pour le plaisir*, on a un beau matin révoqué le sursis, et l'on a remis froidement toutes ces créatures humaines en coupe réglée. Eh ! mon Dieu ! je vous le demande, qu'est-ce que cela nous faisait à tous que ces hommes vécussent ? Est-ce qu'il n'y a pas en France assez d'air à respirer pour tout le monde ?

Pour qu'un jour un misérable commis de la chancellerie[1], à qui cela était égal, se soit levé de sa chaise en disant : – Allons ! personne ne songe plus à l'abolition de la peine de mort. Il est temps de se remettre à guillotiner ! – il faut qu'il se soit passé dans le cœur de cet homme-là quelque chose de bien monstrueux.

Du reste, disons-le, jamais les exécutions n'ont été accompagnées de circonstances plus atroces que depuis cette révocation du sursis de juillet, jamais l'anecdote de la Grève n'a été plus révoltante et n'a mieux prouvé l'exécration de la peine de mort. Ce redoublement d'horreur est le juste châtiment des hommes qui ont remis le code du sang en vigueur. Qu'ils soient punis par leur œuvre. C'est bien fait.

Il faut citer ici deux ou trois exemples de ce que certaines exécutions ont eu d'épouvantable et d'impie. Il faut donner mal aux nerfs aux femmes des procureurs du roi. Une femme, c'est quelquefois une conscience.

Dans le midi, vers la fin du mois de septembre dernier, nous n'avons pas bien présents à l'esprit le lieu, le jour, ni le nom du condamné, mais nous les retrouverons si l'on conteste le fait, et nous croyons que c'est à Pamiers[2] ; vers la fin de septembre donc, on vient trouver un homme dans sa prison, où il jouait tranquillement aux cartes : on lui signifie qu'il faut mourir dans deux heures, ce qui le fait trembler de tous ses membres, car, depuis six mois qu'on l'oubliait,

---

1. Commis de la chancellerie : employé du ministère de la Justice.
2. Pamiers : à Albi, en fait. Pierre Hébrard fut exécuté en septembre 1831.

il ne comptait plus sur la mort ; on le rase, on le tond, on le garrotte,
on le confesse ; puis on le brouette entre quatre gendarmes, et à
travers la foule, au lieu de l'exécution. Jusqu'ici rien que de simple.
C'est comme cela que cela se fait. Arrivé à l'échafaud, le bourreau
le prend au prêtre, l'emporte, le ficelle sur la bascule, *l'enfourne*,
je me sers ici du mot d'argot, puis il lâche le couperet. Le lourd
triangle de fer se détache avec peine, tombe en cahotant dans ses
rainures, et, voici l'horrible qui commence, entaille l'homme sans
le tuer. L'homme pousse un cri affreux. Le bourreau, déconcerté,
relève le couperet et le laisse retomber. Le couperet mord le cou
du patient[1] une seconde fois, mais ne le tranche pas. Le patient
hurle, la foule aussi. Le bourreau rehisse encore le couperet, espérant mieux du troisième coup. Point. Le troisième coup fait jaillir
un troisième ruisseau de sang de la nuque du condamné, mais ne
fait pas tomber la tête. Abrégeons. Le couteau remonta et retomba
cinq fois, cinq fois il entama le condamné, cinq fois le condamné
hurla sous le coup et secoua sa tête vivante en criant grâce ! Le
peuple indigné prit des pierres et se mit dans sa justice à lapider le
misérable bourreau. Le bourreau s'enfuit sous la guillotine et s'y
tapit derrière les chevaux des gendarmes. Mais vous n'êtes pas au
bout. Le supplicié, se voyant seul sur l'échafaud, s'était redressé sur
la planche, et là, debout, effroyable, ruisselant de sang, soutenant
sa tête à demi coupée qui pendait sur son épaule, il demandait
avec de faibles cris qu'on vînt le détacher. La foule, pleine de pitié,
était sur le point de forcer les gendarmes et de venir à l'aide du
malheureux qui avait subi cinq fois son arrêt de mort. C'est en ce
moment-là qu'un valet du bourreau, jeune homme de vingt ans,
monte sur l'échafaud, dit au patient de se tourner pour qu'il le
délie, et, profitant de la posture du mourant qui se livrait à lui sans
défiance, saute sur son dos et se met à lui couper péniblement ce
qui lui restait de cou avec je ne sais quel couteau de boucher. Cela
s'est fait. Cela s'est vu. Oui.

---

1. Patient : littéralement, « celui qui souffre ». Désigne le condamné.

Le Dernier Jour d'un condamné

Aux termes de la loi, un juge a dû assister à cette exécution. D'un signe il pouvait tout arrêter. Que faisait-il donc au fond de sa voiture, cet homme pendant qu'on massacrait un homme ? Que faisait ce punisseur d'assassins, pendant qu'on assassinait en plein jour, sous
375 ses yeux, sous le souffle de ses chevaux, sous la vitre de sa portière ?

Et le juge n'a pas été mis en jugement ! et le bourreau n'a pas été mis en jugement ! Et aucun tribunal ne s'est enquis de cette monstrueuse extermination de toutes les lois sur la personne sacrée d'une créature de Dieu !

380 Au dix-septième siècle, à l'époque de barbarie du code criminel, sous Richelieu, sous Christophe Fouquet, quand M. de Chalais[1] fut mis à mort devant le Bouffay de Nantes par un soldat maladroit qui, au lieu d'un coup d'épée, lui donna trente-quatre coups[2]* d'une doloire[3] de tonnelier, du moins cela parut-il irrégulier au parlement
385 de Paris : il y eut enquête et procès, et si Richelieu ne fut pas puni, si Christophe Fouquet ne fut pas puni, le soldat le fut. Injustice sans doute, mais au fond de laquelle il y avait de la justice.

Ici, rien. La chose a eu lieu après juillet, dans un temps de douces mœurs et de progrès, un an après la célèbre lamentation de la
390 Chambre sur la peine de mort. Eh bien ! le fait a passé absolument inaperçu. Les journaux de Paris l'ont publié comme une anecdote. Personne n'a été inquiété. On a su seulement que la guillotine avait été disloquée exprès par quelqu'un *qui voulait nuire à l'exécuteur des hautes œuvres*. C'était un valet du bourreau, chassé par son maître,
395 qui, pour se venger, lui avait fait cette malice.

Ce n'était qu'une espièglerie. Continuons.

À Dijon, il y a trois mois, on a mené au supplice une femme. (Une femme !) Cette fois encore, le couteau du docteur Guillotin a mal

---

1. M. de Chalais : Henri de Chalais, comte de Talleyrand, décapité en 1626 pour avoir comploté contre Richelieu.
2.* La Porte dit vingt-deux, mais Aubery dit trente-quatre. M. de Chalais cria jusqu'au vingtième.
3. Doloire : hache utilisée au Moyen Âge, soit comme arme de justice pour décapiter des condamnés, soit comme arme de guerre.

Préface de 1832

fait son service. La tête n'a pas été tout à fait coupée. Alors les valets de l'exécuteur se sont attelés aux pieds de la femme, et à travers les hurlements de la malheureuse, et à force de tiraillements et de soubresauts, ils lui ont séparé la tête du corps par arrachement.

À Paris, nous revenons au temps des exécutions secrètes. Comme on n'ose plus décapiter en Grève depuis juillet, comme on a peur, comme on est lâche, voici ce qu'on fait. On a pris dernièrement à Bicêtre un homme, un condamné à mort, un nommé Désandrieux, je crois ; on l'a mis dans une espèce de panier traîné sur deux roues, clos de toutes parts, cadenassé et verrouillé ; puis, un gendarme en tête, un gendarme en queue, à petit bruit et sans foule, on a été déposer le paquet à la barrière déserte de Saint-Jacques. Arrivés là, il était huit heures du matin, à peine jour, il y avait une guillotine toute fraîche dressée et pour public quelque douzaine de petits garçons groupés sur les tas de pierres voisins autour de la machine inattendue ; vite, on a tiré l'homme du panier, et, sans lui donner le temps de respirer, furtivement, sournoisement, honteusement, on lui a escamoté sa tête. Cela s'appelle un acte public et solennel de haute justice. Infâme dérision !

Comment donc les gens du roi comprennent-ils le mot civilisation ? Où en sommes-nous ? La justice ravalée aux stratagèmes et aux supercheries ! la loi aux expédients ! monstrueux !

C'est donc une chose bien redoutable qu'un condamné à mort, pour que la société le prenne en traître de cette façon !

Soyons juste pourtant, l'exécution n'a pas été tout à fait secrète. Le matin on a crié et vendu comme de coutume l'arrêt de mort dans les carrefours de Paris. Il paraît qu'il y a des gens qui vivent de cette vente. Vous entendez ? du crime d'un infortuné, de son châtiment, de ses tortures, de son agonie, on fait une denrée, un papier qu'on vend un sou. Concevez-vous rien de plus hideux que ce sou, vertdegrisé[1] dans le sang ? Qui est-ce donc qui le ramasse ?

---

1. Vertdegrisé : couvert d'un dépôt verdâtre, le vert-de-gris, rouille caractéristique du cuivre.

Voilà assez de faits. En voilà trop. Est-ce que tout cela n'est pas horrible? Qu'avez-vous à alléguer pour la peine de mort?

Nous faisons cette question sérieusement: nous la faisons pour qu'on y réponde: nous la faisons aux criminalistes, et non aux lettrés bavards. Nous savons qu'il y a des gens[1] qui prennent l'excellence de la peine de mort pour texte à paradoxe comme tout autre thème. Il y en a d'autres qui n'aiment la peine de mort que parce qu'ils haïssent tel ou tel qui l'attaque. C'est pour eux une question quasi littéraire, une question de personnes, une question de noms propres. Ceux-là sont les envieux, qui ne font pas plus faute aux bons jurisconsultes qu'aux grands artistes. Les Joseph Grippa ne manquent pas plus aux Filangieri que les Torregiani aux Michel-Ange et les Scudéry aux Corneille[2].

Ce n'est pas à eux que nous nous adressons, mais aux hommes de loi proprement dits, aux dialecticiens, aux raisonneurs, à ceux qui aiment la peine de mort pour la peine de mort, pour sa beauté, pour sa bonté, pour sa grâce.

Voyons, qu'ils donnent leurs raisons.

Ceux qui jugent et qui condamnent disent la peine de mort nécessaire. D'abord, – parce qu'il importe de retrancher de la communauté sociale un membre qui lui a déjà nui et qui pourrait lui nuire encore. – S'il ne s'agissait que de cela, la prison perpétuelle suffirait. À quoi bon la mort? Vous objectez qu'on peut s'échapper d'une prison? faites mieux votre ronde. Si vous ne croyez pas à la solidité des barreaux de fer, comment osez-vous avoir des ménageries?

Pas de bourreau où le geôlier suffit.

Mais, reprend-on, – il faut que la société se venge, que la société punisse. – Ni l'un, ni l'autre. Se venger est de l'individu, punir est de Dieu.

---

1. Allusion probable à Joseph de Maistre, qui fit une apologie du bourreau dans *Les Soirées de Saint-Pétersbourg*.
2. Gaetano Filangieri (1752-1788): économiste et juriste italien; **Pietro Torregiani** (1472-1528): sculpteur connu pour avoir cassé le nez de Michel-Ange d'un coup de poing; **Georges de Scudéry** (1601-1667): par jalousie, cet auteur attaqua vivement *Le Cid* de Corneille.

Préface de 1832

La société est entre deux. Le châtiment est au-dessus d'elle, la
460 vengeance au-dessous. Rien de si grand et de si petit ne lui sied. Elle
ne doit pas « punir pour se venger » ; elle doit *corriger pour améliorer*.
Transformez de cette façon la formule des criminalistes, nous la
comprenons et nous y adhérons.

Reste la troisième et dernière raison, la théorie de l'exemple.
465 – Il faut faire des exemples ! il faut épouvanter par le spectacle du
sort réservé aux criminels ceux qui seraient tentés de les imiter ! –
Voilà bien à peu près textuellement la phrase éternelle dont tous
les réquisitoires des cinq cents parquets de France ne sont que des
variations plus ou moins sonores. Eh bien ! nous nions d'abord qu'il
470 y ait exemple. Nous nions que le spectacle des supplices produise
l'effet qu'on en attend. Loin d'édifier le peuple, il le démoralise,
et ruine en lui toute sensibilité, partant toute vertu. Les preuves
abondent, et encombreraient notre raisonnement si nous voulions
en citer. Nous signalerons pourtant un fait entre mille, parce qu'il
475 est le plus récent. Au moment où nous écrivons, il n'a que dix
jours de date. Il est du 5 mars, dernier jour du carnaval. À Saint-
Pol, immédiatement après l'exécution d'un incendiaire nommé
Louis Camus, une troupe de masques est venue danser autour de
l'échafaud encore fumant. Faites donc des exemples ! le mardi gras
480 vous rit au nez.

Que si[1], malgré l'expérience, vous tenez à votre théorie routinière
de l'exemple, alors rendez-nous le seizième siècle, soyez vraiment
formidables, rendez-nous la variété des supplices, rendez-nous Farinacci[2], rendez-nous les tourmenteurs-jurés, rendez-nous le gibet,
485 la roue, le bûcher, l'estrapade, l'essorillement[3], l'écartèlement, la
fosse à enfouir vif, la cuve à bouillir vif ; rendez-nous, dans tous les

---

1. Que si : tournure calquée sur le latin, *quod si*, signifiant « or si ».
2. Prospero Farinacci (1554-1618) : juge romain connu pour la sévérité de ses juge-
ments.
3. Estrapade : supplice qui consistait à hisser un condamné à un mât ou à une
potence et à le laisser retomber plusieurs fois près du sol ou dans la mer ; **essorillement** : autre supplice qui consistait à couper les oreilles du condamné.

Le Dernier Jour d'un condamné

carrefours de Paris, comme une boutique de plus ouverte parmi les autres, le hideux étal du bourreau, sans cesse garni de chair fraîche. Rendez-nous Montfaucon[1], ses seize piliers de pierre, ses brutes assises, ses caves à ossements, ses poutres, ses crocs, ses chaînes, ses brochettes de squelettes, son éminence de plâtre tachetée de corbeaux, ses potences succursales, et l'odeur du cadavre que par le vent du nord-est il répand à larges bouffées sur tout le faubourg du Temple. Rendez-nous dans sa permanence et dans sa puissance ce gigantesque appentis du bourreau de Paris. À la bonne heure ! Voilà de l'exemple en grand. Voilà de la peine de mort bien comprise. Voilà un système de supplices qui a quelque proportion. Voilà qui est horrible, mais qui est terrible.

Ou bien faites comme en Angleterre. En Angleterre, pays de commerce, on prend un contrebandier sur la côte de Douvres, on le pend *pour l'exemple, pour l'exemple* on le laisse accroché au gibet ; mais, comme les intempéries de l'air pourraient détériorer le cadavre, on l'enveloppe soigneusement d'une toile enduite de goudron, afin d'avoir à le renouveler moins souvent. Ô terre d'économie ! goudronner les pendus !

Cela pourtant a encore quelque logique. C'est la façon la plus humaine de comprendre la théorie de l'exemple.

Mais vous, est-ce bien sérieusement que vous croyez faire un exemple quand vous égorgillez misérablement un pauvre homme dans le recoin le plus désert des boulevards extérieurs ? En Grève, en plein jour, passe encore ; mais à la barrière Saint-Jacques ! mais à huit heures du matin ! Qui est-ce qui passe là ? Qui est-ce qui va là ? Qui est-ce qui sait que vous tuez un homme là ? Qui est-ce qui se doute que vous faites un exemple là ? Un exemple pour qui ? Pour les arbres du boulevard, apparemment.

Ne voyez-vous donc pas que vos exécutions publiques se font en tapinois ? Ne voyez-vous donc pas que vous vous cachez ? Que vous

---

1. Montfaucon : lieu proche de Paris où s'élevait un gibet, surnommé « Fourches de la grande justice ». Il pouvait y avoir cinquante suppliciés simultanément.

Préface de 1832

avez peur et honte de votre œuvre? Que vous balbutiez ridiculement votre *discite justitiam moniti*[1]? Qu'au fond vous êtes ébranlés,
520 interdits, inquiets, peu certains d'avoir raison, gagnés par le doute général, coupant des têtes par routine et sans trop savoir ce que vous faites? Ne sentez-vous pas au fond du cœur que vous avez tout au moins perdu le sentiment moral et social de la mission de sang que vos prédécesseurs, les vieux parlementaires, accomplissaient
525 avec une conscience si tranquille? La nuit, ne retournez-vous pas plus souvent qu'eux la tête sur votre oreiller? D'autres avant vous ont ordonné des exécutions capitales, mais ils s'estimaient dans le droit, dans le juste, dans le bien. Jouvenel des Ursins se croyait un juge; Élie de Thorrette se croyait un juge; Laubardemont, La Reynie
530 et Laffemas[2] eux-mêmes se croyaient des juges; vous, dans votre for intérieur, vous n'êtes pas bien sûrs de ne pas être des assassins!

Vous quittez la Grève pour la barrière Saint-Jacques, la foule pour la solitude, le jour pour le crépuscule. Vous ne faites plus fermement ce que vous faites. Vous vous cachez, vous dis-je!

535 Toutes les raisons pour la peine de mort, les voilà donc démolies. Voilà tous les syllogismes[3] de parquets mis à néant. Tous ces copeaux de réquisitoires, les voilà balayés et réduits en cendres. Le moindre attouchement de la logique dissout tous les mauvais raisonnements.

540 Que les gens du roi ne viennent donc plus nous demander des têtes, à nous jurés, à nous hommes, en nous adjurant d'une voix caressante au nom de la société à protéger, de la vindicte publique à assurer, des exemples à faire. Rhétorique, ampoule[4], et néant que tout cela! un coup d'épingle dans ces hyperboles, et vous les

---

1. *Discite justitiam moniti* : «Apprenez à respecter la justice», citation tirée de l'*Énéide* de Virgile.
2. Jouvenel des Ursins : magistrat du XIVe siècle ; **Laubardemont** : fit brûler vif Urbain Grandier dans l'affaire des possédées de Loudun ; **La Reynie** : sous Louis XIV, fut chargé de juger l'affaire des poisons ; **Laffemas** : lieutenant de police de Richelieu puis juge connu pour son extrême sévérité.
3. Syllogismes : ici, raisonnements rigides et stériles.
4. Ampoule : emphase, enflure d'un style trop chargé.

Le Dernier Jour d'un condamné

545 désenflez. Au fond de ce doucereux verbiage, vous ne trouvez que dureté de cœur, cruauté, barbarie, envie de prouver son zèle, nécessité de gagner ses honoraires. Taisez-vous, mandarins[1]! Sous la patte de velours du juge on sent les ongles du bourreau.

Il est difficile de songer de **sang**-froid à ce que c'est qu'un pro-
550 cureur royal criminel. C'est un homme qui gagne sa vie à envoyer les autres à l'échafaud. C'est le pourvoyeur titulaire des places de Grève. Du reste, c'est un monsieur qui a des prétentions au style et aux lettres, qui est beau parleur ou croit l'être, qui récite au besoin un vers latin ou deux avant de conclure à la mort, qui cherche à faire
555 de l'effet, qui intéresse son amour-propre, ô misère! là où d'autres ont leur vie engagée, qui a ses modèles à lui, ses types désespérants à atteindre, ses classiques, son Bellart, son Marchangy[2], comme tel poète a Racine et tel autre Boileau. Dans le débat, il tire du côté de la guillotine, c'est son rôle, c'est son état. Son réquisitoire, c'est
560 son œuvre littéraire, il le fleurit de métaphores, il le parfume de citations, il faut que cela soit beau à l'audience, que cela plaise aux dames. Il a son bagage de lieux communs encore très neufs pour la province, ses élégances d'élocution, ses recherches, ses raffinements d'écrivain. Il hait le mot propre presque autant que
565 nos poètes tragiques de l'école de Delille[3]. N'ayez pas peur qu'il appelle les choses par leur nom. Fi donc! Il a pour toute idée dont la nudité vous révolterait des déguisements complets d'épithètes et d'adjectifs. Il rend M. Samson[4] présentable. Il gaze[5] le couperet. Il estompe la bascule. Il entortille le panier rouge dans une
570 périphrase. On ne sait plus ce que c'est. C'est douceâtre et décent.

---

1. Mandarins : apostrophe désignant ici les gens lettrés.
2. Bellart : procureur qui défendit un grand nombre de victimes pendant la Révolution française; **Marchangy** : procureur ayant requis contre les quatre sergents de la Rochelle.
3. Delille : l'abbé Delille était connu pour ses écrits archaïsants qui multipliaient les effets de style.
4. M. Samson : surnom donné à la famille Sanson, bourreaux de père en fils de 1688 à 1847.
5. Gaze : met un tissu léger (voile de gaze) sur.

Vous le représentez-vous, la nuit, dans son cabinet, élaborant à loisir et de son mieux cette harangue qui fera dresser un échafaud dans six semaines ? Le voyez-vous suant sang et eau pour emboîter la tête d'un accusé dans le plus fatal article du code ? Le voyez-vous scier avec une loi mal faite le cou d'un misérable ? Remarquez-vous comme il fait infuser dans un gâchis de tropes et de synecdoques[1] deux ou trois textes vénéneux pour en exprimer et en extraire à grand'peine la mort d'un homme ? N'est-il pas vrai que, tandis qu'il écrit, sous sa table, dans l'ombre, il a probablement le bourreau accroupi à ses pieds, et qu'il arrête de temps en temps sa plume pour lui dire, comme le maître à son chien : – Paix là ! paix là ! tu vas avoir ton os !

Du reste, dans la vie privée, cet homme du roi peut être un honnête homme, bon père, bon fils, bon mari, bon ami, comme disent toutes les épitaphes du Père-Lachaise.

Espérons que le jour est prochain où la loi abolira ces fonctions funèbres. L'air seul de notre civilisation doit dans un temps donné user la peine de mort.

On est parfois tenté de croire que les défenseurs de la peine de mort n'ont pas bien réfléchi à ce que c'est. Mais pesez donc un peu à la balance de quelque crime que ce soit ce droit exorbitant que la société s'arroge d'ôter ce qu'elle n'a pas donné, cette peine, la plus irréparable des peines irréparables !

De deux choses l'une :

Ou l'homme que vous frappez est sans famille, sans parents, sans adhérents dans ce monde. Et dans ce cas, il n'a reçu ni éducation, ni instruction, ni soins pour son esprit, ni soins pour son cœur ; et alors de quel droit tuez-vous ce misérable orphelin ? Vous le punissez de ce que son enfance a rampé sur le sol sans tige et sans tuteur ! Vous lui imputez à forfait l'isolement où vous l'avez laissé ! De son malheur vous faites son crime ! Personne ne lui a appris à savoir

---

1. Tropes et synecdoques : figures de style dans lesquelles un mot prend le sens d'un autre.

Le Dernier Jour d'un condamné

ce qu'il faisait. Cet homme ignore. Sa faute est à sa destinée, non à lui. Vous frappez un innocent.

Ou cet homme a une famille ; et alors croyez-vous que le coup dont
605 vous l'égorgez ne blesse que lui seul ? que son père, que sa mère, que ses enfants, n'en saigneront pas ? Non. En le tuant, vous décapitez toute sa famille. Et ici encore vous frappez des innocents.

Gauche et aveugle pénalité, qui, de quelque côté qu'elle se tourne, frappe l'innocent !
610 Cet homme, ce coupable qui a une famille, séquestrez-le. Dans sa prison, il pourra travailler encore pour les siens. Mais comment les fera-t-il vivre du fond de son tombeau ? Et songez-vous sans frissonner à ce que deviendront ces petits garçons, ces petites filles, auxquelles vous ôtez leur père, c'est-à-dire leur pain ? Est-ce que
615 vous comptez sur cette famille pour approvisionner dans quinze ans, eux le bagne, elles le musico[1] ? Oh ! les pauvres innocents !

Aux colonies, quand un arrêt de mort tue un esclave, il y a mille francs d'indemnité pour le propriétaire de l'homme. Quoi ! vous dédommagez le maître, et vous n'indemnisez pas la famille !
620 Ici aussi ne prenez-vous pas un homme à ceux qui le possèdent ? N'est-il pas, à un titre bien autrement sacré que l'esclave vis-à-vis du maître, la propriété de son père, le bien de sa femme, la chose de ses enfants ?

Nous avons déjà convaincu votre loi d'assassinat. La voici convain-
625 cue de vol.

Autre chose encore. L'âme de cet homme, y songez-vous ? Savez-vous dans quel état elle se trouve ? Osez-vous bien l'expédier si lestement ? Autrefois du moins, quelque foi circulait dans le peuple ; au moment suprême, le souffle religieux qui était dans l'air
630 pouvait amollir le plus endurci ; un patient était en même temps un pénitent ; la religion lui ouvrait un monde au moment où la société lui en fermait un autre ; toute âme avait conscience de Dieu ; l'échafaud n'était qu'une frontière du ciel. Mais quelle espérance

---

1. Musico : lieu public où les gens se rassemblent afin d'écouter de la musique.

mettez-vous sur l'échafaud maintenant que la grosse foule ne croit
635 plus? Maintenant que toutes les religions sont attaquées du *dry-rot*[1],
comme ces vieux vaisseaux qui pourrissent dans nos ports, et qui
jadis peut-être ont découvert des mondes? maintenant que les
petits enfants se moquent de Dieu? De quel droit lancez-vous dans
quelque chose dont vous doutez vous-mêmes les âmes obscures de
640 vos condamnés, ces âmes telles que Voltaire et M. Pigault-Lebrun[2]
les ont faites? Vous les livrez à votre aumônier de prison, excellent
vieillard sans doute; mais croit-il et fait-il croire? Ne grossoie-t-il
pas[3] comme une corvée son œuvre sublime? Est-ce que vous le
prenez pour un prêtre, ce bonhomme qui coudoie le bourreau
645 dans la charrette[4]? Un écrivain plein d'âme et de talent l'a dit
avant nous: *C'est une horrible chose de conserver le bourreau après avoir
ôté le confesseur!*

Ce ne sont là, sans doute, que des «raisons sentimentales», comme
disent quelques dédaigneux qui ne prennent leur logique que dans
650 leur tête. À nos yeux, ce sont les meilleures. Nous préférons souvent
les raisons du sentiment aux raisons de la raison. D'ailleurs les deux
séries se tiennent toujours, ne l'oublions pas. Le *Traité des Délits* est
greffé sur l'*Esprit des Lois*. Montesquieu a engendré Beccaria.

La raison est pour nous, le sentiment est pour nous, l'expérience
655 est aussi pour nous. Dans les états modèles, où la peine de mort
est abolie, la masse des crimes capitaux suit d'année en année une
baisse progressive. Pesez ceci.

Nous ne demandons cependant pas pour le moment une brusque
et complète abolition de la peine de mort, comme celle où s'était
660 si étourdiment engagée la Chambre des députés. Nous désirons,
au contraire, tous les essais, toutes les précautions, tous les tâtonne-
ments de la prudence. D'ailleurs, nous ne voulons pas seulement

---

1. Dry-rot : pourriture sèche.
2. M. Pigault-Lebrun (1753-1835) : romancier et dramaturge français.
3. Ne grossoie-t-il pas : ne rédige-t-il pas en gros caractères l'acte d'un procès-
verbal.
4. Charrette : celle qui conduit le condamné à l'échafaud.

Le Dernier Jour d'un condamné

l'abolition de la peine de mort, nous voulons un remaniement complet de la pénalité sous toutes ses formes, du haut en bas, depuis le verrou jusqu'au couperet, et le temps est un des ingrédients qui doivent entrer dans une pareille œuvre pour qu'elle soit bien faite. Nous comptons développer ailleurs, sur cette matière, le système d'idées que nous croyons applicable. Mais, indépendamment des abolitions partielles pour le cas de fausse monnaie, d'incendie, de vols qualifiés, etc., nous demandons que dès à présent, dans toutes les affaires capitales, le président soit tenu de poser au jury cette question : *L'accusé a-t-il agi par passion ou par intérêt ?* et que, dans le cas où le jury répondrait : *L'accusé a agi par passion,* il n'y ait pas condamnation à mort. Ceci nous épargnerait du moins quelques exécutions révoltantes. Ulbach et Debacker seraient sauvés. On ne guillotinerait plus Othello[1].

Au reste, qu'on ne s'y trompe pas, cette question de la peine de mort mûrit tous les jours. Avant peu, la société entière la résoudra comme nous.

Que les criminalistes les plus entêtés y fassent attention, depuis un siècle la peine de mort va s'amoindrissant. Elle se fait presque douce. Signe de décrépitude. Signe de faiblesse. Signe de mort prochaine. La torture a disparu. La roue a disparu. La potence a disparu. Chose étrange ! la guillotine elle-même est un progrès.

M. Guillotin était un philanthrope.

Oui, l'horrible Thémis[2] dentue et vorace de Farinace et de Vouglans, de Delancre et d'Isaac Loisel, de d'Oppède et de Machault[3], dépérit. Elle maigrit. Elle se meurt.

Voilà déjà la Grève qui n'en veut plus. La Grève se réhabilite. La vieille buveuse de sang s'est bien conduite en juillet. Elle veut mener désormais meilleure vie et rester digne de sa dernière belle action. Elle qui s'était prostituée depuis trois siècles à tous les échafauds, la

---

1. Othello : célèbre personnage éponyme d'une pièce de Shakespeare qui tue sa femme, Desdémone, la soupçonnant à tort de lui être infidèle.
2. Thémis : déesse de la justice dans l'Antiquité.
3. Farinace [...] Machault : magistrats connus pour la dureté de leurs sentences.

Préface de 1832

pudeur la prend. Elle a honte de son ancien métier. Elle veut perdre son vilain nom. Elle répudie le bourreau. Elle lave son pavé.

695 À l'heure qu'il est, la peine de mort est déjà hors de Paris. Or, disons-le bien ici, sortir de Paris c'est sortir de la civilisation.

Tous les symptômes sont pour nous. Il semble aussi qu'elle se rebute et qu'elle rechigne, cette hideuse machine, ou plutôt ce monstre fait de bois et de fer qui est à Guillotin ce que Galatée[1] est

700 à Pygmalion. Vues d'un certain côté, les effroyables exécutions que nous avons détaillées plus haut sont d'excellents signes. La guillotine hésite. Elle en est à manquer son coup. Tout le vieil échafaudage de la peine de mort se détraque.

L'infâme machine partira de France, nous y comptons, et, s'il

705 plaît à Dieu, elle partira en boitant, car nous tâcherons de lui porter de rudes coups.

Qu'elle aille demander l'hospitalité ailleurs, à quelque peuple barbare, non à la Turquie, qui se civilise, non aux sauvages, qui ne voudraient pas d'elle[2*] ; mais qu'elle descende quelques échelons

710 encore de l'échelle de la civilisation, qu'elle aille en Espagne ou en Russie.

L'édifice social du passé reposait sur trois colonnes, le prêtre, le roi, le bourreau. Il y a déjà longtemps qu'une voix a dit : *Les dieux s'en vont !* Dernièrement une autre voix s'est élevée et a crié : *Les rois*

715 *s'en vont !* Il est temps maintenant qu'une troisième voix s'élève et dise : *Le bourreau s'en va !*

Ainsi l'ancienne société sera tombée pierre à pierre ; ainsi la providence aura complété l'écroulement du passé.

À ceux qui ont regretté les dieux, on a pu dire : Dieu reste. À

720 ceux qui regrettent les rois, on peut dire : la patrie reste. À ceux qui regretteraient le bourreau, on n'a rien à dire.

Et l'ordre ne disparaîtra pas avec le bourreau ; ne le croyez point. La voûte de la société future ne croulera pas pour n'avoir point

---

1. Galatée : statue sculptée par Pygmalion. Il la trouve si belle qu'il en tombe amoureux et demande à Aphrodite de la rendre vivante.

2.* Le « parlement » d'Otahiti vient d'abolir la peine de mort.

Le Dernier Jour d'un condamné

cette clef[1] hideuse. La civilisation n'est autre chose qu'une série
de transformations successives. À quoi donc allez-vous assister ? à
la transformation de la pénalité. La douce loi du Christ pénétrera
enfin le code et rayonnera à travers. On regardera le crime comme
une maladie, et cette maladie aura ses médecins qui remplaceront
vos juges, ses hôpitaux qui remplaceront vos bagnes. La liberté et
la santé se ressembleront. On versera le baume et l'huile où l'on
appliquait le fer et le feu. On traitera par la charité ce mal qu'on
traitait par la colère. Ce sera simple et sublime. La croix substituée
au gibet. Voilà tout.

15 mars 1832.

---

1. Clef : ici, la clef de voûte, pierre taillée qui ferme et soutient une voûte.

Arrêt sur lecture 1

Pour comprendre l'essentiel

La diversité des préfaces

❶ Le rôle d'une préface est d'introduire l'œuvre d'un auteur. Précisez, pour la préface « Une comédie à propos d'une tragédie » et celle de 1832, quel est le genre utilisé et le registre qui domine.

❷ L'auteur qui rédige une préface pour son œuvre le fait toujours avec une intention particulière. Repérez la fonction principale de la petite comédie et celle de la préface de 1832, et comparez leur objectif respectif.

❸ Dans la préface de 1832, Victor Hugo rappelle que l'ouvrage fut d'abord publié « sans nom d'auteur ». Expliquez les raisons qui peuvent pousser un écrivain à publier de façon anonyme et précisez en quoi cela peut faire partie de la stratégie argumentative de Victor Hugo.

« Une comédie à propos d'une tragédie »

❹ Il est assez surprenant de voir figurer une comédie en guise de préface. Relevez, dans cette saynète, les informations qui sont données sur le genre et le contenu du *Dernier Jour d'un condamné*.

❺ Victor Hugo dresse la liste des personnages qui interviennent dans cette pièce. Montrez en quoi cette liste présente des personnages caricaturaux et comment elle annonce déjà l'ironie du texte.

Le Dernier Jour d'un condamné

❻ Dans le cadre de ce salon imaginaire, les personnages évoquent le scandale suscité par la publication du *Dernier Jour d'un condamné*. Reformulez les arguments utilisés par ceux qui s'opposent à ce livre et montrez comment Victor Hugo parvient à les ridiculiser.

La préface de 1832 : une argumentation implacable

❼ Dans cette préface, l'auteur argumente en utilisant une rhétorique efficace. Relevez les procédés de style qui font de cette préface un véritable discours judiciaire et précisez la cible visée.

❽ Pour toucher son destinataire, l'auteur peut choisir de convaincre et/ou de persuader. Victor Hugo manie les deux types de stratégie. Identifiez les arguments qui cherchent à convaincre et ceux qui cherchent à persuader.

❾ Pour tourner en dérision les institutions et les représentants de la justice, Victor Hugo a recours à l'ironie au moyen de la caricature. Relevez, dans cette préface, les marques de l'ironie et son efficacité argumentative.

Rappelez-vous !

• Victor Hugo dénonce le **scandale de la peine de mort.** Au XIXe siècle, période de progrès technique, elle apparaît comme une résurgence de la barbarie de temps révolus et le signe de l'indifférence cruelle des contemporains et des institutions judiciaires. Il faut donc avoir constamment à l'esprit que *Le Dernier Jour d'un condamné* est l'**œuvre politique d'un homme engagé** qui vise l'**abolition définitive de la peine de mort.**

• Issu du grec *polemôs* signifiant « combat », le **registre polémique**, souvent présent dans les textes d'argumentation, permet à l'auteur de **critiquer ouvertement et parfois violemment** une idée, un phénomène de société qui le révolte particulièrement. Les procédés sont multiples : exagération (superlatifs, hyperboles), ponctuation expressive, lexique dévalorisant, ironie visant à susciter le mépris, notamment dans un texte satirique.

Arrêt sur lecture 1

Vers l'oral du Bac

Analyse des lignes 448 à 498, p. 40-42

☛ Étudier les procédés utilisés par Victor Hugo pour construire une argumentation efficace

Conseils pour la lecture à voix haute

– Cet extrait s'apparente au discours d'un orateur. Soulignez par l'expressivité de votre lecture les changements de ton, les procédés de répétition et d'emphase, en étant attentif à la ponctuation et au rythme qu'elle entraîne.

– L'ironie est présente, notamment aux lignes 465-466. Veillez à la rendre sensible par l'intonation que vous donnez à votre lecture.

Analyse du texte

▧ *Introduction rédigée*

Le Dernier Jour d'un condamné ne compte pas moins de trois préfaces : Victor Hugo guide, d'une main de fer, un lecteur qui ne doit pas douter du sens de l'œuvre. La préface de 1832 dévoile sans réserve son engagement contre la peine de mort. Dans l'extrait suivant, l'auteur réfute l'un des arguments majeurs avancés par les défenseurs de la peine de mort : selon eux, elle servirait d'exemple à la société. Victor Hugo, en véritable orateur utilisant toutes les ressources de la rhétorique, construit une argumentation efficace. Nous verrons que son argumentation rigoureusement structurée s'appuie sur une rhétorique de la violence. Cette charge polémique est, de plus, renforcée par la vivacité du texte.

Le Dernier Jour d'un condamné

■ *Analyse guidée*

I. Une argumentation rigoureusement structurée

a. Le texte d'argumentation s'appuie sur une thèse défendue ou réfutée par l'auteur. Ici, Victor Hugo présente à la fois la thèse qu'il soutient et celle qu'il récuse. Reformulez chacune de ces thèses en une phrase.

b. La structure de cet extrait est claire et efficace. Identifiez les différents mouvements du texte et énumérez les idées qui les composent.

c. Victor Hugo démonte point par point les arguments des partisans de la peine de mort. Reformulez ces arguments dans un premier temps puis, pour chacun d'entre eux, les contre-arguments de Victor Hugo.

II. Un texte polémique : la rhétorique de la violence

a. Afin de donner de l'ampleur à son propos, Victor Hugo manie les procédés de la répétition et de l'emphase. Relevez dans le texte un exemple d'accumulation, un exemple d'anaphore, et analysez l'effet produit par ces procédés stylistiques.

b. Dans le quatrième paragraphe, Victor Hugo pousse à son comble la logique de ses détracteurs en reprenant l'un de leurs arguments (la peine de mort est un exemple pour la société). Montrez qu'il s'agit d'un raisonnement par l'absurde qui met en lumière la cruauté gratuite de la peine de mort.

c. Victor Hugo tourne en dérision l'idée de l'« exemplarité » de la peine de mort. Montrez de quelle façon il utilise l'ironie pour renforcer sa thèse.

III. Un discours vivant et efficace

a. Pour mieux contredire la thèse qu'il réfute, l'auteur met en scène une sorte de « dialogue » avec son adversaire. Montrez-le en relevant les indices de l'énonciation et les marques de ponctuation.

b. Victor Hugo donne à entendre les propos de ses interlocuteurs pour mieux se faire entendre lui-même. Expliquez l'efficacité de cette stratégie argumentative.

c. Le dialogue donne de la vivacité au texte et du rythme à la lecture. Déterminez quel est le rôle que Victor Hugo assigne au lecteur dans ce « dialogue » polémique.

Arrêt sur lecture 1

■ *Conclusion rédigée*

Grâce à une argumentation solidement charpentée, Victor Hugo fait de cette préface une tribune politique où il affirme son engagement contre la peine de mort. Loin de se réduire à de simples effets de rhétorique, ce texte vise à mettre au jour, de façon systématique, l'absurdité bête et cruelle de ceux qui défendent une telle pratique. Le journal du condamné lui-même permettra à l'écrivain de convaincre en utilisant les ressources argumentatives de la fiction romanesque.

Les trois questions de l'examinateur

Question 1. Quels sont les rapports entre la préface et l'œuvre elle-même ?

Question 2. Observez l'illustration reproduite en début d'ouvrage au verso de la couverture (dessin de Victor Hugo). Dites comment elle exprime d'une autre façon la thèse de Victor Hugo.

Question 3. Connaissez-vous d'autres causes pour lesquelles Victor Hugo s'est engagé, ou d'autres écrits dénonçant la peine de mort ? Dites quelles étaient les stratégies argumentatives adoptées dans ces textes.

Le Dernier Jour
d'un condamné

Chapitre 1

Bicêtre[1].

Condamné à mort!

Voilà cinq semaines que j'habite avec cette pensée, toujours seul avec elle, toujours glacé de sa présence, toujours courbé sous son poids!

Autrefois, car il me semble qu'il y a plutôt des années que des semaines, j'étais un homme comme un autre homme. Chaque jour, chaque heure, chaque minute avait son idée. Mon esprit, jeune et riche, était plein de fantaisies. Il s'amusait à me les dérouler les unes après les autres, sans ordre et sans fin, brodant d'inépuisables arabesques cette rude et mince étoffe de la vie. C'étaient des jeunes filles, de splendides chapes[2] d'évêque, des batailles gagnées, des théâtres pleins de bruit et de lumière, et puis encore des jeunes filles et de sombres promenades la nuit sous les larges bras des marronniers. C'était toujours fête dans mon imagination. Je pouvais penser à ce que je voulais, j'étais libre.

Maintenant je suis captif. Mon corps est aux fers[3] dans un cachot, mon esprit est en prison dans une idée. Une horrible, une sanglante, une implacable idée! Je n'ai plus qu'une pensée, qu'une conviction, qu'une certitude: condamné à mort!

Quoi que je fasse, elle est toujours là, cette pensée infernale, comme un spectre de plomb à mes côtés, seule et jalouse, chassant toute distraction, face à face avec moi misérable, et me secouant de ses deux mains de glace quand je veux détourner la tête ou fermer

---

1. Bicêtre : la construction de cette prison fut lancée par Louis XIII en 1633 sur les ruines d'une forteresse qui fut d'abord un hôpital puis un asile d'aliénés. On y enfermait indifféremment malades et criminels.
2. Chapes : capes.
3. Fers : chaînes qui entravent le prisonnier.

Le Dernier Jour d'un condamné

25 les yeux. Elle se glisse sous toutes les formes où mon esprit voudrait
la fuir, se mêle comme un refrain horrible à toutes les paroles qu'on
m'adresse, se colle avec moi aux grilles hideuses de mon cachot ;
m'obsède éveillé, épie mon sommeil convulsif[1], et reparaît dans
mes rêves sous la forme d'un couteau.

30 Je viens de m'éveiller en sursaut, poursuivi par elle et me disant :
– Ah ! ce n'est qu'un rêve ! Hé bien ! avant même que mes yeux
lourds aient eu le temps de s'entrouvrir assez pour voir cette fatale
pensée écrite dans l'horrible réalité qui m'entoure, sur la dalle
mouillée et suante de ma cellule, dans les rayons pâles de ma lampe
35 de nuit, dans la trame grossière de la toile de mes vêtements, sur la
sombre figure du soldat de garde dont la giberne[2] reluit à travers
la grille du cachot, il me semble que déjà une voix a murmuré à
mon oreille :
– Condamné à mort !

Chapitre 2

C'était par une belle matinée d'août.

Il y avait trois jours que mon procès était entamé, trois jours
que mon nom et mon crime ralliaient chaque matin une nuée de
spectateurs, qui venaient s'abattre sur les bancs de la salle d'audience
5 comme des corbeaux autour d'un cadavre, trois jours que toute
cette fantasmagorie[3] des juges, des témoins, des avocats, des procureurs du roi, passait et repassait devant moi, tantôt grotesque,
tantôt sanglante, toujours sombre et fatale. Les deux premières nuits,
d'inquiétude et de terreur, je n'en avais pu dormir ; la troisième,
10 j'en avais dormi d'ennui et de fatigue. À minuit, j'avais laissé les

---

1. Convulsif : accompagné de mouvements du corps involontaires et violents.
2. Giberne : boîte portée à la ceinture ou en bandoulière, dans laquelle les soldats
mettaient leurs cartouches.
3. Fantasmagorie : apparition surnaturelle, phénomène extraordinaire.

Chapitre 2

jurés délibérant. On m'avait ramené sur la paille de mon cachot, et j'étais tombé sur-le-champ dans un sommeil profond, dans un sommeil d'oubli. C'étaient les premières heures de repos depuis bien des jours.

15   J'étais encore au plus profond de ce profond sommeil lorsqu'on vint me réveiller. Cette fois il ne suffit point du pas lourd et des souliers ferrés du guichetier, du cliquetis de son nœud de clefs, du grincement rauque des verrous ; il fallut pour me tirer de ma léthargie sa rude voix à mon oreille et sa main rude sur mon bras.

20   – Levez-vous donc ! – J'ouvris les yeux, je me dressai effaré sur mon séant. En ce moment, par l'étroite et haute fenêtre de ma cellule, je vis au plafond du corridor voisin, seul ciel qu'il me fût donné d'entrevoir, ce reflet jaune où des yeux habitués aux ténèbres d'une prison savent si bien reconnaître le soleil. J'aime le soleil.

25   – Il fait beau, dis-je au guichetier.

    Il resta un moment sans me répondre, comme ne sachant si cela valait la peine de dépenser une parole ; puis avec quelque effort il murmura brusquement :

    – C'est possible.

30   Je demeurais immobile, l'esprit à demi endormi, la bouche souriante, l'œil fixé sur cette douce réverbération dorée qui diaprait[1] le plafond.

    – Voilà une belle journée, répétai-je.

    – Oui, me répondit l'homme, on vous attend.

35   Ce peu de mots, comme le fil qui rompt le vol de l'insecte, me rejeta violemment dans la réalité. Je revis soudain, comme dans la lumière d'un éclair, la sombre salle des assises, le fer à cheval des juges chargé de haillons ensanglantés, les trois rangs de témoins aux faces stupides, les deux gendarmes aux deux bouts de mon banc, et

40 les robes noires s'agiter, et les têtes de la foule fourmiller au fond dans l'ombre, et s'arrêter sur moi le regard fixe de ces douze jurés, qui avaient veillé pendant que je dormais !

---

1. **Diaprait** : faisait chatoyer.

Le Dernier Jour d'un condamné

Je me levai ; mes dents claquaient, mes mains tremblaient et ne savaient où trouver mes vêtements, mes jambes étaient faibles. Au premier pas que je fis, je trébuchai comme un portefaix[1] trop chargé. Cependant je suivis le geôlier.

Les deux gendarmes m'attendaient au seuil de la cellule. On me remit les menottes. Cela avait une petite serrure compliquée qu'ils fermèrent avec soin. Je laissai faire : c'était une machine sur une machine.

Nous traversâmes une cour intérieure. L'air vif du matin me ranima. Je levai la tête. Le ciel était bleu, et les rayons chauds du soleil, découpés par les longues cheminées, traçaient de grands angles de lumière au faîte[2] des murs hauts et sombres de la prison. Il faisait beau en effet.

Nous montâmes un escalier tournant en vis ; nous passâmes un corridor, puis un autre, puis un troisième ; puis une porte basse s'ouvrit. Un air chaud, mêlé de bruit, vint me frapper au visage ; c'était le souffle de la foule dans la salle des assises. J'entrai.

Il y eut à mon apparition une rumeur d'armes et de voix. Les banquettes se déplacèrent bruyamment. Les cloisons craquèrent ; et, pendant que je traversais la longue salle entre deux masses de peuple murées[3] de soldats, il me semblait que j'étais le centre auquel se rattachaient les fils qui faisaient mouvoir toutes ces faces béantes et penchées.

En cet instant, je m'aperçus que j'étais sans fers ; mais je ne pus me rappeler où ni quand on me les avait ôtés.

Alors il se fit un grand silence. J'étais parvenu à ma place. Au moment où le tumulte cessa dans la foule, il cessa aussi dans mes idées. Je compris tout à coup clairement ce que je n'avais fait qu'entrevoir confusément jusqu'alors, que le moment décisif était venu, et que j'étais là pour entendre ma sentence.

---

1. **Portefaix** : porteur.
2. **Au faîte** : au sommet.
3. **Murées** : entourées.

Chapitre 2

L'explique qui pourra, de la manière dont cette idée me vint, elle ne me causa pas de terreur. Les fenêtres étaient ouvertes ; l'air
75 et le bruit de la ville arrivaient librement du dehors : la salle était claire comme pour une noce ; les gais rayons du soleil traçaient çà et là la figure lumineuse des croisées, tantôt allongée sur le plancher, tantôt développée sur les tables, tantôt brisée à l'angle des murs ; et de ces losanges éclatants aux fenêtres chaque rayon découpait
80 dans l'air un grand prisme[1] de poussière d'or.

Les juges, au fond de la salle, avaient l'air satisfait, probablement de la joie d'avoir bientôt fini. Le visage du président, doucement éclairé par le reflet d'une vitre, avait quelque chose de calme et de bon ; et un jeune assesseur[2] causait presque gaiement en chiffon-
85 nant son rabat[3] avec une jolie dame en chapeau rose, placée par faveur derrière lui.

Les jurés seuls paraissaient blêmes et abattus, mais c'était apparemment de fatigue d'avoir veillé toute la nuit. Quelques-uns bâillaient. Rien, dans leur contenance, n'annonçait des hommes qui viennent
90 de porter une sentence de mort ; et sur les figures de ces bons bourgeois je ne devinais qu'une grande envie de dormir.

En face de moi, une fenêtre était toute grande ouverte. J'entendais rire sur le quai des marchandes de fleurs ; et, au bord de la croisée, une jolie petite plante jaune, toute pénétrée d'un rayon de
95 soleil, jouait avec le vent dans une fente de la pierre.

Comment une idée sinistre aurait-elle pu poindre parmi tant de gracieuses sensations ? Inondé d'air et de soleil, il me fut impossible de penser à autre chose qu'à la liberté ; l'espérance vint rayonner en moi comme le jour autour de moi ; et, confiant, j'attendis ma
100 sentence comme on attend la délivrance et la vie.

---

1. Prisme : élément déformant l'image du réel.
2. Assesseur : officier de justice qui assiste un juge.
3. Rabat : grand col rabattu et retombant sur la poitrine, qui faisait office de cravate au xviiᵉ siècle.

Le Dernier Jour d'un condamné

Cependant mon avocat arriva. On l'attendait. Il venait de déjeuner copieusement et de bon appétit. Parvenu à sa place, il se pencha vers moi avec un sourire.

– J'espère, me dit-il.

– N'est-ce pas ? répondis-je, léger et souriant aussi.

– Oui, reprit-il ; je ne sais rien encore de leur déclaration, mais ils auront sans doute écarté la préméditation, et alors ce ne sera que les travaux forcés à perpétuité.

– Que dites-vous là, monsieur ? répliquai-je indigné ; plutôt cent fois la mort !

Oui, la mort ! – Et d'ailleurs, me répétait je ne sais quelle voix intérieure, qu'est-ce que je risque à dire cela ? A-t-on jamais prononcé sentence de mort autrement qu'à minuit, aux flambeaux, dans une salle sombre et noire, et par une froide nuit de pluie et d'hiver ? Mais au mois d'août, à huit heures du matin, un si beau jour, ces bons jurés, c'est impossible ! Et mes yeux revenaient se fixer sur la jolie fleur jaune au soleil.

Tout à coup le président, qui n'attendait que l'avocat, m'invita à me lever. La troupe porta les armes ; comme par un mouvement électrique, toute l'assemblée fut debout au même instant. Une figure insignifiante et nulle, placée à une table au-dessous du tribunal, c'était, je pense, le greffier, prit la parole, et lut le verdict que les jurés avaient prononcé en mon absence. Une sueur froide sortit de tous mes membres ; je m'appuyai au mur pour ne pas tomber.

– Avocat, avez-vous quelque chose à dire sur l'application de la peine ? demanda le président.

J'aurais eu, moi, tout à dire, mais rien ne me vint. Ma langue resta collée à mon palais.

Le défenseur se leva.

Je compris qu'il cherchait à atténuer la déclaration du jury, et à mettre dessous, au lieu de la peine qu'elle provoquait, l'autre peine, celle que j'avais été si blessé de lui voir espérer.

Il fallut que l'indignation fût bien forte, pour se faire jour à travers les mille émotions qui se disputaient ma pensée. Je voulus

Chapitre 2

135 répéter à haute voix ce que je lui avais déjà dit : Plutôt cent fois la mort ! Mais l'haleine me manqua, et je ne pus que l'arrêter rudement par le bras, en criant avec une force convulsive : Non !

Le procureur général combattit l'avocat, et je l'écoutai avec une satisfaction stupide. Puis les juges sortirent, puis ils rentrèrent, et
140 le président me lut mon arrêt.

– Condamné à mort ! dit la foule ; et, tandis qu'on m'emmenait, tout ce peuple se rua sur mes pas avec le fracas d'un édifice qui se démolit. Moi, je marchais, ivre et stupéfait. Une révolution venait de se faire en moi. Jusqu'à l'arrêt de mort, je m'étais senti respi-
145 rer, palpiter, vivre dans le même milieu que les autres hommes ; maintenant je distinguais clairement comme une clôture entre le monde et moi. Rien ne m'apparaissait plus sous le même aspect qu'auparavant. Ces larges fenêtres lumineuses, ce beau soleil, ce ciel pur, cette jolie fleur, tout cela était blanc et pâle, de la couleur d'un
150 linceul[1]. Ces hommes, ces femmes, ces enfants qui se pressaient sur mon passage, je leur trouvais des airs de fantômes.

Au bas de l'escalier, une noire et sale voiture grillée m'attendait. Au moment d'y monter, je regardai au hasard dans la place. – Un condamné à mort ! criaient les passants, en courant vers la voiture.
155 À travers le nuage qui me semblait s'être interposé entre les choses et moi, je distinguai deux jeunes filles qui me suivaient avec des yeux avides. – Bon, dit la plus jeune en battant des mains, ce sera dans six semaines !

---

1. Linceul : linge qui recouvre et enveloppe un cadavre.

Le Dernier Jour d'un condamné

Chapitre 3

Condamné à mort!

Eh bien, pourquoi non? *Les hommes*, je me rappelle l'avoir lu dans je ne sais quel livre[1] où il n'y avait que cela de bon, *les hommes sont tous condamnés à mort avec des sursis indéfinis.* Qu'y a-t-il donc de si changé à ma situation?

Depuis l'heure où mon arrêt m'a été prononcé, combien sont morts qui s'arrangeaient pour une longue vie! Combien m'ont devancé qui, jeunes, libres et sains, comptaient bien aller voir tel jour tomber ma tête en place de Grève! Combien d'ici là peut-être qui marchent et respirent au grand air, entrent et sortent à leur gré, et qui me devanceront encore!

Et puis, qu'est-ce que la vie a donc de si regrettable pour moi? En vérité, le jour sombre et le pain noir du cachot, la portion de bouillon maigre puisée au baquet[2] des galériens, être rudoyé, moi qui suis raffiné par l'éducation, être brutalisé des guichetiers et des gardes-chiourme[3], ne pas voir un être humain qui me croie digne d'une parole et à qui je le rende, sans cesse tressaillir et de ce que j'ai fait et de ce qu'on me fera: voilà à peu près les seuls biens que puisse m'enlever le bourreau.

Ah! n'importe, c'est horrible!

Chapitre 4

La voiture noire me transporta ici, dans ce hideux Bicêtre.

Vu de loin, cet édifice a quelque majesté. Il se déroule à l'horizon, au front d'une colline, et à distance garde quelque chose de

---

1. Il s'agit de *Han d'Islande*, premier roman de Victor Hugo publié en 1823, dans lequel l'auteur faisait déjà état de ses réflexions sur la peine de mort.
2. Baquet : récipient en bois.
3. Gardes-chiourme : gardiens de la prison, geôliers.

son ancienne splendeur, un air de château de roi. Mais à mesure
que vous approchez, le palais devient masure. Les pignons[1] dégra-
dés blessent l'œil. Je ne sais quoi de honteux et d'appauvri salit
ces royales façades ; on dirait que les murs ont une lèpre. Plus de
vitres, plus de glaces aux fenêtres ; mais de massifs barreaux de fer
entrecroisés, auxquels se colle çà et là quelque hâve[2] figure d'un
galérien ou d'un fou.

C'est la vie vue de près.

Chapitre 5

À peine arrivé, des mains de fer s'emparèrent de moi. On mul-
tiplia les précautions : point de couteau, point de fourchette pour
mes repas : la *camisole de force*, une espèce de sac de toile à voilure,
emprisonna mes bras ; on répondait de ma vie. Je m'étais pourvu en
cassation. On pouvait avoir pour six ou sept semaines cette affaire
onéreuse, et il importait de me conserver sain et sauf à la place
de Grève.

Les premiers jours on me traita avec une douceur qui m'était
horrible. Les égards d'un guichetier sentent l'échafaud. Par bonheur,
au bout de peu de jours, l'habitude reprit le dessus ; ils me confon-
dirent avec les autres prisonniers dans une commune brutalité, et
n'eurent plus de ces distinctions inaccoutumées de politesse qui
me remettaient sans cesse le bourreau sous les yeux. Ce ne fut pas
la seule amélioration. Ma jeunesse, ma docilité, les soins de l'aumônier de la prison, et surtout quelques mots en latin que j'adressai
au concierge, qui ne les comprit pas, m'ouvrirent la promenade
une fois par semaine avec les autres détenus, et firent disparaître la

---

1. Pignons : parties supérieures d'un mur, souvent triangulaires, qui supportent les
versants du toit.
2. Hâve : blafarde, livide.

Le Dernier Jour d'un condamné

camisole où j'étais paralysé. Après bien des hésitations, on m'a aussi donné de l'encre, du papier, des plumes, et une lampe de nuit.

20   Tous les dimanches, après la messe, on me lâche dans le préau, à l'heure de la récréation. Là, je cause avec les détenus : il le faut bien. Ils sont bonnes gens, les misérables. Ils me content leurs *tours*, ce serait à faire horreur, mais je sais qu'ils se vantent. Ils m'apprennent à parler argot, à *rouscailler bigorne*, comme ils disent. C'est toute
25 une langue entée[1] sur la langue générale comme une espèce d'excroissance hideuse, comme une verrue. Quelquefois une énergie singulière, un pittoresque effrayant : *Il y a du raisiné sur le trimar* (du sang sur le chemin), *épouser la veuve* (être pendu), comme si la corde du gibet était veuve de tous les pendus. La tête d'un voleur
30 a deux noms : *la sorbonne*, quand elle médite, raisonne et conseille le crime : *la tronche*, quand le bourreau la coupe. Quelquefois de l'esprit de vaudeville : un *cachemire d'osier* (une hotte de chiffonnier), *la menteuse* (la langue) ; et puis partout, à chaque instant, des mots bizarres, mystérieux, laids et sordides, venus on ne sait d'où : *le taule*
35 (le bourreau), *la cône* (la mort), *la placarde* (la place des exécutions). On dirait des crapauds et des araignées. Quand on entend parler cette langue, cela fait l'effet de quelque chose de sale et de poudreux, d'une liasse de haillons que l'on secouerait devant vous.

    Du moins, ces hommes-là me plaignent, ils sont les seuls. Les
40 geôliers, les guichetiers, les porte-clefs, – je ne leur en veux pas, – causent et rient, et parlent de moi, devant moi, comme d'une chose.

Chapitre 6

    Je me suis dit :

    – Puisque j'ai le moyen d'écrire, pourquoi ne le ferais-je pas ? Mais quoi écrire ? Pris entre quatre murailles de pierre nue et froide,

---

1. Entée : greffée.

Chapitre 6

sans liberté pour mes pas, sans horizon pour mes yeux, pour unique
distraction machinalement occupé tout le jour à suivre la marche
lente de ce carré blanchâtre que le judas de ma porte découpe vis-
à-vis sur le mur sombre, et, comme je le disais tout à l'heure, seul à
seul avec une idée, une idée de crime et de châtiment, de meurtre
et de mort ! est-ce que je puis avoir quelque chose à dire, moi qui
n'ai plus rien à faire dans ce monde ? Et que trouverai-je dans ce
cerveau flétri et vide qui vaille la peine d'être écrit ?

Pourquoi non ? Si tout, autour de moi, est monotone et décoloré,
n'y a-t-il pas en moi une tempête, une lutte, une tragédie ? Cette
idée fixe qui me possède ne se présente-t-elle pas à moi à chaque
heure, à chaque instant, sous une nouvelle forme, toujours plus
hideuse et plus ensanglantée à mesure que le terme approche ?
Pourquoi n'essaierai-je pas de me dire à moi-même tout ce que
j'éprouve de violent et d'inconnu dans la situation abandonnée
où me voilà ? Certes, la matière est riche ; et, si abrégée que soit ma
vie, il y aura bien encore dans les angoisses, dans les terreurs, dans
les tortures qui la rempliront, de cette heure à la dernière, de quoi
user cette plume et tarir cet encrier. – D'ailleurs, ces angoisses, le
seul moyen d'en moins souffrir, c'est de les observer, et les peindre
m'en distraira.

Et puis, ce que j'écrirai ainsi ne sera peut-être pas inutile. Ce
journal de mes souffrances, heure par heure, minute par minute,
supplice par supplice, si j'ai la force de le mener jusqu'au moment
où il me sera *physiquement* impossible de continuer, cette histoire,
nécessairement inachevée, mais aussi complète que possible, de
mes sensations, ne portera-t-elle point avec elle un grand et profond
enseignement ? N'y aura-t-il pas dans ce procès-verbal de la pensée
agonisante, dans cette progression toujours croissante de douleurs,
dans cette espèce d'autopsie intellectuelle d'un condamné, plus
d'une leçon pour ceux qui condamnent ? Peut-être cette lecture
leur rendra-t-elle la main moins légère, quand il s'agira quelque
autre fois de jeter une tête qui pense, une tête d'homme, dans ce
qu'ils appellent la balance de la justice ? Peut-être n'ont-ils jamais

Le Dernier Jour d'un condamné

réfléchi, les malheureux, à cette lente succession de tortures que
renferme la formule expéditive d'un arrêt de mort ? Se sont-ils
40   jamais seulement arrêtés à cette idée poignante que dans l'homme
qu'ils retranchent il y a une intelligence, une intelligence qui avait
compté sur la vie, une âme qui ne s'est point disposée pour la mort ?
Non. Ils ne voient dans tout cela que la chute verticale d'un couteau
triangulaire, et pensent sans doute que pour le condamné il n'y a
45   rien avant, rien après.

     Ces feuilles les détromperont. Publiées peut-être un jour, elles
arrêteront quelques moments leur esprit sur les souffrances de
l'esprit, car ce sont celles-là qu'ils ne soupçonnent pas. Ils sont
triomphants de pouvoir tuer sans presque faire souffrir le corps.
50   Hé ! c'est bien de cela qu'il s'agit ! Qu'est-ce que la douleur physique
près de la douleur morale ! Horreur et pitié, des lois faites ainsi ! Un
jour viendra, et peut-être ces mémoires, derniers confidents d'un
misérable, y auront-ils contribué… –

     À moins qu'après ma mort le vent ne joue dans le préau avec ces
55   morceaux de papiers souillés de boue, ou qu'ils n'aillent pourrir à
la pluie, collés en étoiles à la vitre cassée d'un guichetier.

Chapitre 7

     Que ce que j'écris ici puisse être un jour utile à d'autres, que cela
arrête le juge prêt à juger, que cela sauve des malheureux, innocents
ou coupables, de l'agonie à laquelle je suis condamné, pourquoi ? à
quoi bon ? qu'importe ? Quand ma tête aura été coupée, qu'est-ce
5   que cela me fait qu'on en coupe d'autres ? Est-ce que vraiment j'ai
pu penser ces folies ? Jeter bas l'échafaud après que j'y aurai monté !
je vous demande un peu ce qui m'en reviendra.

     Quoi ! le soleil, le printemps, les champs pleins de fleurs, les
oiseaux qui s'éveillent le matin, les nuages, les arbres, la nature, la
10   liberté, la vie, tout cela n'est plus à moi !

Ah ! c'est moi qu'il faudrait sauver ! Est-il bien vrai que cela ne se peut, qu'il faudra mourir demain, aujourd'hui peut-être, que cela est ainsi ? Ô Dieu ! l'horrible idée à se briser la tête au mur de son cachot !

Chapitre 8

Comptons ce qui me reste :

Trois jours de délai après l'arrêt prononcé pour le pourvoi en cassation[1].

Huit jours d'oubli au parquet de la cour d'assises, après quoi les *pièces*, comme ils disent, sont envoyées au ministre.

Quinze jours d'attente chez le ministre, qui ne sait seulement pas qu'elles existent, et qui cependant est supposé les transmettre, après examen, à la cour de cassation.

Là, classement, numérotage, enregistrement : car la guillotine est encombrée, et chacun ne doit passer qu'à son tour.

Quinze jours pour veiller à ce qu'il ne vous soit pas fait de passe-droit.

Enfin la cour s'assemble, d'ordinaire un jeudi, rejette vingt pourvois en masse, et renvoie le tout au ministre, qui renvoie au procureur général, qui renvoie au bourreau. Trois jours.

Le matin du quatrième jour, le substitut du procureur général se dit, en mettant sa cravate : – Il faut pourtant que cette affaire finisse. – Alors, si le substitut du greffier n'a pas quelque déjeuner d'amis qui l'en empêche, l'ordre d'exécution est minuté, rédigé, mis au net, expédié, et le lendemain dès l'aube on entend dans la place de Grève clouer une charpente, et dans les carrefours hurler à pleine voix des crieurs enroués.

---

1. Pourvoi en cassation : recours juridique contre une décision rendue en dernier ressort par la Cour de cassation.

Le Dernier Jour d'un condamné

En tout six semaines. La petite fille avait raison.

Or, voilà cinq semaines au moins, six peut-être, je n'ose compter, que je suis dans ce cabanon de Bicêtre, et il me semble qu'il y a trois jours c'était jeudi.

Chapitre 9

Je viens de faire mon testament.

À quoi bon ? Je suis condamné aux frais [1], et tout ce que j'ai y suffira à peine. La guillotine, c'est fort cher.

Je laisse une mère, je laisse une femme, je laisse un enfant.

Une petite fille de trois ans, douce, rose, frêle, avec de grands yeux noirs et de longs cheveux châtains.

Elle avait deux ans et un mois quand je l'ai vue pour la dernière fois.

Ainsi, après ma mort, trois femmes, sans fils, sans mari, sans père ; trois orphelines de différente espèce ; trois veuves du fait de la loi.

J'admets que je sois justement puni ; ces innocentes, qu'ont-elles fait ? N'importe ; on les déshonore, on les ruine. C'est la justice.

Ce n'est pas que ma pauvre vieille mère m'inquiète : elle a soixante-quatre ans, elle mourra du coup. Ou si elle va quelques jours encore, pourvu que jusqu'au dernier moment elle ait un peu de cendre chaude dans sa chaufferette [2], elle ne dira rien.

Ma femme ne m'inquiète pas non plus ; elle est déjà d'une mauvaise santé et d'un esprit faible. Elle mourra aussi.

À moins qu'elle ne devienne folle. On dit que cela fait vivre ; mais du moins, l'intelligence ne souffre pas ; elle dort, elle est comme morte.

---

1. Condamné aux frais : condamné à payer les dépenses occasionnées par le procès.

2. Chaufferette : appareil destiné à chauffer une partie du corps ou un objet à l'aide de substances chaudes (braise, cendre, eau chaude).

Mais ma fille, mon enfant, ma pauvre petite Marie, qui rit, qui joue, qui chante à cette heure et ne pense à rien, c'est celle-là qui me fait mal !

Chapitre 10

Voici ce que c'est que mon cachot :

Huit pieds carrés[1]. Quatre murailles de pierre de taille qui s'appuient à angle droit sur un pavé de dalles exhaussé[2] d'un degré au-dessus du corridor extérieur.

À droite de la porte, en entrant, une espèce d'enfoncement qui fait la dérision d'une alcôve[3]. On y jette une botte de paille où le prisonnier est censé reposer et dormir, vêtu d'un pantalon de toile et d'une veste de coutil[4], hiver comme été.

Au-dessus de ma tête, en guise de ciel, une noire voûte en *ogive*[5] – c'est ainsi que cela s'appelle – à laquelle d'épaisses toiles d'araignée pendent comme des haillons.

Du reste, pas de fenêtres, pas même de soupirail. Une porte où le fer cache le bois.

Je me trompe : au centre de la porte, vers le haut, une ouverture de neuf pouces carrés, coupée d'une grille en croix, et que le guichetier peut fermer la nuit.

Au-dehors, un assez long corridor, éclairé, aéré au moyen de soupiraux étroits au haut du mur, et divisé en compartiments de maçonnerie qui communiquent entre eux par une série de portes cintrées et basses ; chacun de ces compartiments sert en quelque

---

1. **Huit pieds carrés** : environ quatre mètres carrés.
2. **Exhaussé** : surélevé.
3. **Alcôve** : partie d'une chambre où l'on place le lit et plus largement, lieu des rapports amoureux. Le mot, ici, est employé ironiquement.
4. **Coutil** : toile de chanvre ou de coton.
5. **En ogive** : en forme d'arcade.

Le Dernier Jour d'un condamné

sorte d'antichambre à un cachot pareil au mien. C'est dans ces cachots que l'on met les forçats condamnés par le directeur de la prison à des peines de discipline[1]. Les trois premiers cabanons sont réservés aux condamnés à mort, parce qu'étant plus voisins de la
25 geôle ils sont plus commodes pour le geôlier.

Ces cachots sont tout ce qui reste de l'ancien château de Bicêtre tel qu'il fut bâti dans le quinzième siècle par le cardinal de Winchester, le même qui fit brûler Jeanne d'Arc[2]. J'ai entendu dire cela à des *curieux* qui sont venus me voir l'autre jour dans ma loge, et qui
30 me regardaient à distance comme une bête de la ménagerie. Le guichetier a eu cent sous.

J'oubliais de dire qu'il y a nuit et jour un factionnaire[3] de garde à la porte de mon cachot, et que mes yeux ne peuvent se lever vers la lucarne carrée sans rencontrer ses deux yeux fixes toujours ouverts.
35 Du reste, on suppose qu'il y a de l'air et du jour dans cette boîte de pierre.

Chapitre 11

Puisque le jour ne paraît pas encore, que faire de la nuit? Il m'est venu une idée. Je me suis levé et j'ai promené ma lampe sur les quatre murs de ma cellule. Ils sont couverts d'écritures, de dessins, de figures bizarres, de noms qui se mêlent et s'effacent les
5 uns les autres. Il semble que chaque condamné ait voulu laisser trace, ici du moins. C'est du crayon, de la craie, du charbon, des lettres noires, blanches, grises, souvent de profondes entailles dans la pierre, çà et là des caractères rouillés qu'on dirait écrits avec du

---

1. Peines de discipline : peines données pour des délits commis à l'intérieur des prisons.
2. Qui fit brûler Jeanne d'Arc : Henri Beaufort (1375-1447), cardinal de Winchester, fut membre du tribunal qui condamna Jeanne d'Arc en 1431.
3. Factionnaire : soldat en faction, qui monte la garde.

sang. Certes, si j'avais l'esprit plus libre, je prendrais intérêt à ce livre
étrange qui se développe page à page à mes yeux sur chaque pierre
de ce cachot. J'aimerais à recomposer un tout de ces fragments de
pensée, épars sur la dalle ; à retrouver chaque homme sous chaque
nom ; à rendre le sens et la vie à ces inscriptions mutilées, à ces
phrases démembrées, à ces mots tronqués, corps sans tête comme
ceux qui les ont écrits.

À la hauteur de mon chevet, il y a deux cœurs enflammés, per-
cés d'une flèche, et au-dessus *Amour pour la vie*. Le malheureux ne
prenait pas un long engagement.

À côté, une espèce de chapeau à trois cornes avec une petite
figure grossièrement dessinée au-dessous, et ces mots : *Vive l'empereur*[1] *! 1824*.

Encore des cœurs enflammés, avec cette inscription, caractéristique dans une prison : *J'aime et j'adore Mathieu Danvin*. JACQUES.

Sur le mur opposé on lit ce nom : *Papavoine*[2]. Le *P* majuscule
est brodé d'arabesques et enjolivé avec soin.

Un couplet d'une chanson obscène.

Un bonnet de liberté sculpté assez profondément dans la pierre,
avec ceci dessous : *– Bories*[3]. *– La République*. C'était un des quatre
sous-officiers de la Rochelle. Pauvre jeune homme ! Que leurs pré-
tendues nécessités politiques sont hideuses ! pour une idée, pour une
rêverie, pour une abstraction, cette horrible réalité qu'on appelle la
guillotine ! Et moi qui me plaignais, moi, misérable qui ai commis
un véritable crime, qui ai versé du sang !

Je n'irai pas plus loin dans ma recherche. – Je viens de voir,
crayonnée en blanc au coin du mur, une image épouvantable, la
figure de cet échafaud qui, à l'heure qu'il est, se dresse peut-être
pour moi. – La lampe a failli me tomber des mains.

---

1. L'empereur : Napoléon Ier, mort en 1821.
2. Papavoine : criminel guillotiné en 1825 pour avoir assassiné deux enfants sous
les yeux de sa mère.
3. Bories : chef d'une société secrète complotant contre le roi et qui fut exécuté en
1822.

Le Dernier Jour d'un condamné

Chapitre 12

Je suis revenu m'asseoir précipitamment sur ma paille, la tête dans les genoux. Puis mon effroi d'enfant s'est dissipé, et une étrange curiosité m'a repris de continuer la lecture de mon mur.

À côté du nom de Papavoine j'ai arraché une énorme toile d'araignée, tout épaissie par la poussière et tendue à l'angle de la muraille. Sous cette toile il y avait quatre ou cinq noms parfaitement lisibles, parmi d'autres dont il ne reste rien qu'une tache sur le mur. – DAUTUN, 1815. – POULAIN, 1818. – JEAN MARTIN, 1821. – CASTAING, 1823[1]. J'ai lu ces noms, et de lugubres souvenirs me sont venus : Dautun, celui qui a coupé son frère en quartiers, et qui allait la nuit dans Paris jetant la tête dans une fontaine et le tronc dans un égout ; Poulain, celui qui a assassiné sa femme ; Jean Martin, celui qui a tiré un coup de pistolet à son père au moment où le vieillard ouvrait une fenêtre ; Castaing, ce médecin qui a empoisonné son ami, et qui, le soignant dans cette dernière maladie qu'il lui avait faite, au lieu de remède lui redonnait du poison ; et auprès de ceux-là, Papavoine, l'horrible fou qui tuait les enfants à coups de couteau sur la tête !

Voilà, me disais-je, et un frisson de fièvre me montait dans les reins, voilà quels ont été avant moi les hôtes de cette cellule. C'est ici, sur la même dalle où je suis, qu'ils ont pensé leurs dernières pensées, ces hommes de meurtre et de sang ! c'est autour de ce mur, dans ce carré étroit, que leurs derniers pas ont tourné comme ceux d'une bête fauve. Ils se sont succédé à de courts intervalles ; il paraît que ce cachot ne désemplit pas. Ils ont laissé la place chaude, et c'est à moi qu'ils l'ont laissée. J'irai à mon tour les rejoindre au cimetière de Clamart, où l'herbe pousse si bien !

Je ne suis ni visionnaire, ni superstitieux. Il est probable que ces idées me donnaient un accès de fièvre ; mais pendant que je rêvais ainsi, il m'a semblé tout à coup que ces noms fatals étaient

---

1. Dautain [...] Castaing : noms de guillotinés pour meurtre.

écrits avec du feu sur le mur noir ; un tintement de plus en plus précipité a éclaté dans mes oreilles ; une lueur rousse a rempli mes yeux ; et puis il m'a paru que le cachot était plein d'hommes, d'hommes étranges qui portaient leur tête dans leur main gauche, et la portaient par la bouche, parce qu'il n'y avait pas de chevelure. Tous me montraient le poing, excepté le parricide[1].

J'ai fermé les yeux avec horreur, alors j'ai tout vu plus distinctement.

Rêve, vision ou réalité, je serais devenu fou, si une impression brusque ne m'eût réveillé à temps. J'étais près de tomber à la renverse lorsque j'ai senti se traîner sur mon pied nu un ventre froid et des pattes velues ; c'était l'araignée que j'avais dérangée et qui s'enfuyait.

Cela m'a dépossédé. – ô les épouvantables spectres ! – Non, c'était une fumée, une imagination de mon cerveau vide et convulsif. Chimère à la Macbeth[2] ! Les morts sont morts ; ceux-là surtout. Ils sont bien cadenassés dans le sépulcre[3]. Ce n'est pas là une prison dont on s'évade. Comment se fait-il donc que j'aie eu peur ainsi ?

La porte du tombeau ne s'ouvre pas en dedans.

Chapitre 13

J'ai vu, ces jours passés, une chose hideuse.

Il était à peine jour, et la prison était pleine de bruit. On entendait ouvrir et fermer les lourdes portes, grincer les verrous et les cadenas de fer, carillonner les trousseaux de clefs entrechoqués à

---

1. Excepté le parricide : on coupait le poing des meurtriers coupables de parricide avant de les exécuter.
2. Macbeth : héros éponyme de la pièce de Shakespeare. Poussé par sa femme et le désir de régner, il assassine Duncan, le roi d'Écosse, mais il est poursuivi par les démons de la culpabilité.
3. Sépulcre : tombeau.

Le Dernier Jour d'un condamné

5 la ceinture des geôliers, trembler les escaliers du haut en bas sous des pas précipités, et des voix s'appeler et se répondre des deux bouts des longs corridors. Mes voisins de cachot, les forçats en punition, étaient plus gais qu'à l'ordinaire. Tout Bicêtre semblait rire, chanter, courir, danser.

10 Moi, seul muet dans ce vacarme, seul immobile dans ce tumulte, étonné et attentif, j'écoutais.

Un geôlier passa.

Je me hasardai à l'appeler et à lui demander si c'était fête dans la prison.

15 – Fête si l'on veut! me répondit-il. C'est aujourd'hui qu'on ferre les forçats qui doivent partir demain pour Toulon[1]. Voulez-vous voir, cela vous amusera.

C'était en effet, pour un reclus solitaire, une bonne fortune qu'un spectacle, si odieux qu'il fût. J'acceptai l'amusement.

20 Le guichetier prit les précautions d'usage pour s'assurer de moi, puis me conduisit dans une petite cellule vide, et absolument démeublée, qui avait une fenêtre grillée, mais une véritable fenêtre à hauteur d'appui, et à travers laquelle on apercevait réellement le ciel.

25 – Tenez, me dit-il, d'ici vous verrez et vous entendrez. Vous serez seul dans votre loge comme le roi.

Puis il sortit et referma sur moi serrures, cadenas et verrous.

La fenêtre donnait sur une cour carrée assez vaste, et autour de laquelle s'élevait des quatre côtés, comme une muraille, un grand
30 bâtiment de pierre de taille à six étages. Rien de plus dégradé, de plus nu, de plus misérable à l'œil que cette quadruple façade percée d'une multitude de fenêtres grillées auxquelles se tenaient collés, du bas en haut, une foule de visages maigres et blêmes, pressés les uns au-dessus des autres, comme les pierres d'un mur, et tous pour
35 ainsi dire encadrés dans les entrecroisements des barreaux de fer. C'étaient les prisonniers, spectateurs de la cérémonie en attendant

---

1. Toulon : célèbre bagne.

leur jour d'être acteurs. On eût dit des âmes en peine aux soupiraux du purgatoire qui donnent sur l'enfer.

Tous regardaient en silence la cour vide encore. Ils attendaient. Parmi ces figures éteintes et mornes, çà et là brillaient quelques yeux perçants et vifs comme des points de feu.

Le carré de prisons qui enveloppe la cour ne se referme pas sur lui-même. Un des quatre pans de l'édifice (celui qui regarde le levant) est coupé vers son milieu, et ne se rattache au pan voisin que par une grille de fer. Cette grille s'ouvre sur une seconde cour, plus petite que la première et, comme elle, bloquée de murs et de pignons noirâtres.

Tout autour de la cour principale, des bancs de pierre s'adossent à la muraille. Au milieu se dresse une tige de fer courbée, destinée à porter une lanterne.

Midi sonna. Une grande porte cochère, cachée sous un enfoncement, s'ouvrit brusquement. Une charrette, escortée d'espèces de soldats sales et honteux, en uniformes bleus, à épaulettes rouges et à bandoulières jaunes, entra lourdement dans la cour avec un bruit de ferraille. C'était la chiourme[1] et les chaînes.

Au même instant, comme si ce bruit réveillait tout le bruit de la prison, les spectateurs des fenêtres, jusqu'alors silencieux et immobiles, éclatèrent en cris de joie, en chansons, en menaces, en imprécations mêlées d'éclats de rire poignants à entendre. On eût cru voir des masques de démons. Sur chaque visage parut une grimace, tous les poings sortirent des barreaux, toutes les voix hurlèrent, tous les yeux flamboyèrent, et je fus épouvanté de voir tant d'étincelles reparaître dans cette cendre.

Cependant les argousins[2], parmi lesquels on distinguait, à leurs vêtements propres et à leur effroi, quelques curieux venus de Paris, les argousins se mirent tranquillement à leur besogne. L'un d'eux monta sur la charrette, et jeta à ses camarades les chaînes, les colliers

---

1. Chiourme : troupe de forçats.
2. Argousins : officiers chargés de la surveillance des galériens et des forçats.

Le Dernier Jour d'un condamné

de voyage, et les liasses de pantalons de toile. Alors ils se dépecè-
rent le travail ; les uns allèrent étendre dans un coin de la cour les
70 longues chaînes qu'ils nommaient dans leur argot *les ficelles* : les
autres déployèrent sur le pavé *les taffetas*, les chemises et les pantalons ; tandis que les plus sagaces examinaient un à un, sous l'œil
de leur capitaine, petit vieillard trapu, les carcans[1] de fer, qu'ils
éprouvaient ensuite en les faisant étinceler sur le pavé. Le tout aux
75 acclamations railleuses des prisonniers, dont la voix n'était dominée
que par les rires bruyants des forçats pour qui cela se préparait, et
qu'on voyait relégués aux croisées de la vieille prison qui donne
sur la petite cour.

Quand ces apprêts furent terminés, un monsieur brodé en argent,
80 qu'on appelait *monsieur l'inspecteur*, donna un ordre au *directeur* de
la prison ; et un moment après, voilà que deux ou trois portes basses vomirent presque en même temps, et comme par bouffées,
dans la cour, des nuées d'hommes hideux, hurlants et déguenillés.
C'étaient les forçats.

85 À leur entrée, redoublement de joie aux fenêtres. Quelques-uns
d'entre eux, les grands noms du bagne, furent salués d'acclamations
et d'applaudissements qu'ils recevaient avec une sorte de modestie
fière. La plupart avaient des espèces de chapeaux tressés de leurs propres mains avec la paille du cachot, et toujours d'une forme étrange,
90 afin que dans les villes où l'on passerait le chapeau fît remarquer la
tête. Ceux-là étaient plus applaudis encore. Un, surtout, excita des
transports d'enthousiasme : un jeune homme de dix-sept ans, qui
avait un visage de jeune fille. Il sortait du cachot, où il était au secret
depuis huit jours ; de sa botte de paille il s'était fait un vêtement qui
95 l'enveloppait de la tête aux pieds, et il entra dans la cour en faisant
la roue sur lui-même avec l'agilité d'un serpent. C'était un baladin[2]
condamné pour vol. Il y eut une rage de battements de mains et
de cris de joie. Les galériens y répondaient, et c'était une chose

---

1. Carcans : entraves, chaînes.
2. Baladin : comédien ambulant, saltimbanque.

effrayante que cet échange de gaietés entre les forçats en titre et les forçats aspirants. La société avait beau être là, représentée par les geôliers et les curieux épouvantés, le crime la narguait en face, et de ce châtiment horrible faisait une fête de famille.

À mesure qu'ils arrivaient, on les poussait, entre deux haies de gardes-chiourme, dans la petite cour grillée, où la visite des médecins les attendait. C'est là que tous tentaient un dernier effort pour éviter le voyage, alléguant quelque excuse de santé, les yeux malades, la jambe boiteuse, la main mutilée. Mais presque toujours on les trouvait bons pour le bagne ; et alors chacun se résignait avec insouciance, oubliant en peu de minutes sa prétendue infirmité de toute la vie.

La grille de la petite cour se rouvrit. Un gardien fit l'appel par ordre alphabétique ; et alors ils sortirent un à un, et chaque forçat s'alla ranger debout dans un coin de la grande cour, près d'un compagnon donné par le hasard de sa lettre initiale. Ainsi chacun se voit réduit à lui-même ; chacun porte sa chaîne pour soi, côte à côte avec un inconnu ; et si par hasard un forçat a un ami, la chaîne l'en sépare. Dernière des misères !

Quand il y en eut à peu près une trentaine de sortis, on referma la grille. Un argousin les aligna avec son bâton, jeta devant chacun d'eux une chemise, une veste et un pantalon de grosse toile, puis fit un signe, et tous commencèrent à se déshabiller. Un incident inattendu vint, comme à point nommé, changer cette humiliation en torture.

Jusqu'alors le temps avait été assez beau, et, si la bise d'octobre refroidissait l'air, de temps en temps aussi elle ouvrait çà et là dans les brumes grises du ciel une crevasse par où tombait un rayon de soleil. Mais à peine les forçats se furent-ils dépouillés de leurs haillons de prison, au moment où ils s'offraient nus et debout à la visite soupçonneuse des gardiens, et aux regards curieux des étrangers qui tournaient autour d'eux pour examiner leurs épaules, le ciel devint noir, une froide averse d'automne éclata brusquement, et se déchargea à torrents dans la cour carrée, sur les têtes découvertes,

Le Dernier Jour d'un condamné

sur les membres nus des galériens, sur leurs misérables sayons[1] étalés sur le pavé.

135 En un clin d'œil le préau se vida de tout ce qui n'était pas argousin ou galérien. Les curieux de Paris allèrent s'abriter sous les auvents des portes.

Cependant la pluie tombait à flots. On ne voyait plus dans la cour que les forçats nus et ruisselants sur le pavé noyé. Un silence
140 morne avait succédé à leurs bruyantes bravades. Ils grelottaient, leurs dents claquaient ; leurs jambes maigries, leurs genoux noueux s'entrechoquaient : et c'était pitié de les voir appliquer sur leurs membres bleus ces chemises trempées, ces vestes, ces pantalons dégouttants[2] de pluie. La nudité eût été meilleure.

145 Un seul, un vieux, avait conservé quelque gaieté. Il s'écria, en s'essuyant avec sa chemise mouillée, que *cela n'était pas dans le programme*; puis se prit à rire en montrant le poing au ciel.

Quand ils eurent revêtu les habits de route, on les mena par bandes de vingt ou trente à l'autre coin du préau, où les cordons
150 allongés à terre les attendaient. Ces cordons sont de longues et fortes chaînes coupées transversalement de deux en deux pieds par d'autres chaînes plus courtes, à l'extrémité desquelles se rattache un carcan carré, qui s'ouvre au moyen d'une charnière pratiquée à l'un des angles et se ferme à l'angle opposé par un boulon de
155 fer, rivé pour tout le voyage sur le cou du galérien. Quand ces cordons sont développés à terre, ils figurent assez bien la grande arête d'un poisson.

On fit asseoir les galériens dans la boue, sur les pavés inondés ; on leur essaya les colliers ; puis deux forgerons de la chiourme,
160 armés d'enclumes portatives, les leur rivèrent à froid à grands coups de masses de fer. C'est un moment affreux, où les plus hardis pâlissent. Chaque coup de marteau, asséné sur l'enclume appuyée à leur dos, fait rebondir le menton du patient : le moindre

---

1. Sayons : vêtements portés par les paysans ou les bergers.
2. Dégouttants : qui gouttent.

Chapitre 13

mouvement d'avant en arrière lui ferait sauter le crâne comme
une coquille de noix.

Après cette opération, ils devinrent sombres. On n'entendait
plus que le grelottement des chaînes, et par intervalles un cri et
le bruit sourd du bâton des gardes-chiourme sur les membres des
récalcitrants. Il y en eut qui pleurèrent : les vieux frissonnaient et
se mordaient les lèvres. Je regardai avec terreur tous ces profils
sinistres dans leurs cadres de fer.

Ainsi, après la visite des médecins, la visite des geôliers ; après la
visite des geôliers, le ferrage. Trois actes à ce spectacle.

Un rayon de soleil reparut. On eût dit qu'il mettait le feu à tous
ces cerveaux. Les forçats se levèrent à la fois, comme par un mouvement convulsif. Les cinq cordons se rattachèrent par les mains, et
tout à coup se formèrent en ronde immense autour de la branche
de la lanterne. Ils tournaient à fatiguer les yeux. Ils chantaient une
chanson du bagne, une romance d'argot, sur un air tantôt plaintif,
tantôt furieux et gai ; on entendait par intervalles des cris grêles,
des éclats de rire déchirés et haletants se mêler aux mystérieuses
paroles ; puis des acclamations furibondes ; et les chaînes qui s'entrechoquaient en cadence servaient d'orchestre à ce chant plus
rauque que leur bruit. Si je cherchais une image du sabbat[1], je ne
la voudrais ni meilleure ni pire.

On apporta dans le préau un large baquet. Les gardes-chiourme
rompirent la danse des forçats à coups de bâton, et les conduisirent
à ce baquet, dans lequel on voyait nager je ne sais quelles herbes
dans je ne sais quel liquide fumant et sale. Ils mangèrent.

Puis, ayant mangé, ils jetèrent sur le pavé ce qui restait de leur
soupe et de leur pain bis[2], et se remirent à danser et à chanter. Il
paraît qu'on leur laisse cette liberté le jour du ferrage et la nuit
qui le suit.

---

1. Sabbat : assemblée nocturne de sorciers et de sorcières, qui, selon la tradition,
célèbrent le culte du diable.
2. Pain bis : pain de mauvaise qualité.

Le Dernier Jour d'un condamné

J'observais ce spectacle étrange avec une curiosité si avide, si
195 palpitante, si attentive, que je m'étais oublié moi-même. Un profond
sentiment de pitié me remuait jusqu'aux entrailles, et leurs rires
me faisaient pleurer.

Tout à coup, à travers la rêverie profonde où j'étais tombé, je vis
la ronde hurlante s'arrêter et se taire. Puis tous les yeux se tournè-
200 rent vers la fenêtre que j'occupais. – Le condamné ! le condamné !
crièrent-ils tous en me montrant du doigt ; et les explosions de joie
redoublèrent.

Je restai pétrifié.

J'ignore d'où ils me connaissaient et comment ils m'avaient
205 reconnu.

– Bonjour ! bonsoir ! me crièrent-ils avec leur ricanement atroce.
Un des plus jeunes, condamné aux galères perpétuelles, face lui-
sante et plombée, me regarda d'un air d'envie en disant : – Il est
heureux ! il sera *rogné*[1] ! Adieu, camarade !

210 Je ne puis dire ce qui se passait en moi. J'étais leur camarade
en effet. La Grève est sœur de Toulon. J'étais même placé plus bas
qu'eux : ils me faisaient honneur. Je frissonnai.

Oui, leur camarade ! Et quelques jours plus tard, j'aurais pu
aussi, moi, être un spectacle pour eux.

215 J'étais demeuré à la fenêtre, immobile, perclus[2], paralysé. Mais
quand je vis les cinq cordons s'avancer, se ruer vers moi avec des
paroles d'une infernale cordialité ; quand j'entendis le tumultueux
fracas de leurs chaînes, de leurs clameurs, de leurs pas, au pied du
mur, il me sembla que cette nuée de démons escaladait ma misérable
220 cellule ; je poussai un cri, je me jetai sur la porte d'une violence à la
briser ; mais pas moyen de fuir. Les verrous étaient tirés en dehors.
Je heurtai, j'appelai avec rage. Puis il me sembla entendre de plus
près encore les effrayantes voix des forçats. Je crus voir leurs têtes

---

1. Il sera rogné : il aura la tête coupée. L'expression fait partie du langage des
forçats.
2. Perclus : paralysé, incapable de se mouvoir.

hideuses paraître déjà au bord de ma fenêtre, je poussai un second
cri d'angoisse, et je tombai évanoui.

Chapitre 14

Quand je revins à moi, il était nuit. J'étais couché dans un grabat[1] ;
une lanterne qui vacillait au plafond me fit voir d'autres grabats
alignés des deux côtés du mien. Je compris qu'on m'avait transporté
à l'infirmerie.

Je restai quelques instants éveillé, mais sans pensée et sans souvenir,
tout entier au bonheur d'être dans un lit. Certes, en d'autres temps,
ce lit d'hôpital et de prison m'eût fait reculer de dégoût et de pitié ;
mais je n'étais plus le même homme. Les draps étaient gris et rudes
au toucher, la couverture maigre et trouée ; on sentait la paillasse à
travers le matelas ; qu'importe ! mes membres pouvaient se déroidir[2]
à l'aise entre ces draps grossiers ; sous cette couverture, si mince
qu'elle fût, je sentais se dissiper peu à peu cet horrible froid de la
moelle des os dont j'avais pris l'habitude. – Je me rendormis.

Un grand bruit me réveilla ; il faisait petit jour. Ce bruit venait
du dehors ; mon lit était à côté de la fenêtre, je me levai sur mon
séant pour voir ce que c'était.

La fenêtre donnait sur la grande cour de Bicêtre. Cette cour était
pleine de monde ; deux haies de vétérans avaient peine à maintenir
libre, au milieu de cette foule, un étroit chemin qui traversait la cour.
Entre ce double rang de soldats cheminaient lentement, cahotées à
chaque pavé, cinq longues charrettes chargées d'hommes ; c'étaient
les forçats qui partaient.

Ces charrettes étaient découvertes. Chaque cordon en occupait
une. Les forçats étaient assis de côté sur chacun des bords, adossés

---

1. Grabat : lit inconfortable et rudimentaire.
2. Déroidir : déraidir.

Le Dernier Jour d'un condamné

25 les uns aux autres, séparés par la chaîne commune, qui se développait dans la longueur du chariot, et sur l'extrémité de laquelle un argousin debout, fusil chargé, tenait le pied. On entendait bruire leurs fers, et, à chaque secousse de la voiture, on voyait sauter leurs têtes et ballotter leurs jambes pendantes.

30 Une pluie fine et pénétrante glaçait l'air, et collait sur leurs genoux leurs pantalons de toile, de gris devenus noirs. Leurs longues barbes, leurs cheveux courts, ruisselaient ; leurs visages étaient violets ; on les voyait grelotter, et leurs dents grinçaient de rage et de froid. Du reste, pas de mouvements possibles. Une fois rivé à cette chaîne,

35 on n'est plus qu'une fraction de ce tout hideux qu'on appelle le cordon, et qui se meut comme un seul homme. L'intelligence doit abdiquer, le carcan du bagne la condamne à mort ; et quant à l'animal lui-même, il ne doit plus avoir de besoins et d'appétits qu'à heures fixes. Ainsi, immobiles, la plupart demi-nus, têtes découvertes et

40 pieds pendants, ils commençaient leur voyage de vingt-cinq jours, chargés sur les mêmes charrettes, vêtus des mêmes vêtements pour le soleil à plomb de juillet et pour les froides pluies de novembre. On dirait que les hommes veulent mettre le ciel de moitié dans leur office de bourreaux.

45 Il s'était établi entre la foule et les charrettes je ne sais quel horrible dialogue : injures d'un côté, bravades de l'autre, imprécations[1] des deux parts ; mais, à un signe du capitaine, je vis les coups de bâton pleuvoir au hasard dans les charrettes, sur les épaules ou sur les têtes, et tout rentra dans cette espèce de calme extérieur

50 qu'on appelle l'*ordre*. Mais les yeux étaient pleins de vengeance, et les poings des misérables se crispaient sur leurs genoux.

Les cinq charrettes, escortées de gendarmes à cheval et d'argousins à pied, disparurent successivement sous la haute porte cintrée de Bicêtre ; une sixième les suivit, dans laquelle ballottaient pêle-mêle

55 les chaudières, les gamelles de cuivre et les chaînes de rechange. Quelques gardes-chiourme qui s'étaient attardés à la cantine sortirent

---

1. Imprécations : malédictions solennelles proférées contre quelqu'un.

en courant pour rejoindre leur escouade[1]. La foule s'écoula. Tout ce spectacle s'évanouit comme une fantasmagorie. On entendit s'affaiblir par degrés dans l'air le bruit lourd des roues et des pieds des chevaux sur la route pavée de Fontainebleau, le claquement des fouets, le cliquetis des chaînes, et les hurlements du peuple qui souhaitait malheur au voyage des galériens.

Et c'est là pour eux le commencement!

Que me disait-il donc, l'avocat? Les galères! Ah! oui, plutôt mille fois la mort! plutôt l'échafaud que le bagne, plutôt le néant que l'enfer; plutôt livrer mon cou au couteau de Guillotin qu'au carcan de la chiourme! Les galères, juste ciel!

Chapitre 15

Malheureusement je n'étais pas malade. Le lendemain il fallut sortir de l'infirmerie. Le cachot me reprit.

Pas malade! en effet, je suis jeune, sain et fort. Le sang coule librement dans mes veines; tous mes membres obéissent à tous mes caprices; je suis robuste de corps et d'esprit, constitué pour une longue vie; oui, tout cela est vrai; et cependant j'ai une maladie, une maladie mortelle, une maladie faite de la main des hommes.

Depuis que je suis sorti de l'infirmerie, il m'est venu une idée poignante, une idée à me rendre fou, c'est que j'aurais peut-être pu m'évader si l'on m'y avait laissé. Ces médecins, ces sœurs de charité, semblaient prendre intérêt à moi. Mourir si jeune et d'une telle mort! On eût dit qu'ils me plaignaient, tant ils étaient empressés autour de mon chevet. Bah! curiosité! Et puis, ces gens qui guérissent vous guérissent bien d'une fièvre, mais non d'une sentence de mort. Et pourtant cela leur serait si facile! une porte ouverte! Qu'est-ce que cela leur ferait?

---

1. Escouade : petite troupe de soldats.

Le Dernier Jour d'un condamné

Plus de chance maintenant! mon pourvoi sera rejeté, parce que tout est en règle; les témoins ont bien témoigné, les plaideurs ont bien plaidé, les juges ont bien jugé. Je n'y compte pas, à moins que… Non, folie! plus d'espérance! Le pourvoi, c'est une corde qui vous tient suspendu au-dessus de l'abîme, et qu'on entend craquer à chaque instant, jusqu'à ce qu'elle se casse. C'est comme si le couteau de la guillotine mettait six semaines à tomber.

Si j'avais ma grâce? – Avoir ma grâce! Et par qui? et pourquoi? et comment? Il est impossible qu'on me fasse grâce. L'exemple! comme ils disent.

Je n'ai plus que trois pas à faire: Bicêtre, la Conciergerie[1], la Grève.

---

1. La Conciergerie : au sein du palais de Justice, la Conciergerie a fait office de prison jusqu'en 1914.

Arrêt sur lecture 2

Pour comprendre l'essentiel

La voix d'un condamné à mort

❶ Dans le chapitre 1, le narrateur évoque, au présent et à la première personne du singulier, les dernières semaines de sa détention. Analysez l'effet produit par l'emploi de ce temps et de cette personne.

❷ Ce récit donne à lire les pensées tourmentées du narrateur. Relisez les chapitres 2 à 5 en relevant les marques de la personne. Nommez le point de vue utilisé et dites comment il renforce le caractère pathétique du récit.

❸ Le narrateur définit le journal qu'il tient comme l'« autopsie intellectuelle d'un condamné ». Expliquez le sens de cette métaphore.

Une sentence imminente

❹ Le titre *Le Dernier Jour d'un condamné* implique une forte tension dramatique en évoquant l'imminence de la mort. Relisez le chapitre 8 et précisez à quel moment de sa détention le narrateur écrit. Justifiez ainsi le titre du récit.

❺ Face à l'approche de la mort, le condamné éprouve l'urgence d'écrire. Relevez les indicateurs temporels montrant que le temps qui lui reste est compté.

Le Dernier Jour d'un condamné

La prison : un univers infernal et déshumanisé

❻ Le narrateur décrit à plusieurs reprises l'espace du cachot. Dans les chapitres 10 et 11, analysez la description de cet espace et dites comment elle parvient à figurer l'enfermement.

❼ Le condamné dépeint la prison comme un lieu de solitude, privant l'être humain de liberté. Relisez le chapitre 2 et, en vous appuyant sur l'étude des pronoms personnels, montrez comment l'auteur exprime l'absence de libre-arbitre du personnage.

❽ Au début du chapitre 13, le narrateur évoque le spectacle des forçats partant pour le bagne comme une «chose hideuse». Relevez les termes ou expressions appartenant aux champs lexicaux de l'horreur et du grotesque. Identifiez la métaphore filée qui parcourt l'ensemble du chapitre.

❾ La prison est un espace coupé de l'humanité. Relevez les antithèses qui marquent l'opposition entre intérieur et extérieur d'une part, et entre réalité et hallucination d'autre part.

Rappelez-vous !

• La force du récit repose en grande partie sur l'utilisation du **point de vue interne**, qui permet de connaître les pensées du condamné : ses sentiments oscillent entre la stupeur de la condamnation et l'horreur de la sentence. Ce **monologue intérieur** permet au lecteur de s'identifier au narrateur.

• **L'incipit** (le début d'un roman) est un moment essentiel. Il donne au lecteur les **renseignements nécessaires** à la compréhension de l'intrigue (personnages, époque, lieu) et dessine un **horizon d'attente** : il définit la tonalité du texte et dispense les premiers éléments permettant au lecteur d'orienter son interprétation.

Arrêt sur lecture 2

Vers l'oral du Bac

Analyse du chapitre 1, p. 59-60

☞ Montrer l'originalité et la dimension tragique de l'incipit

Conseils pour la lecture à voix haute

– Rappelez-vous qu'une bonne lecture permet à l'examinateur de vérifier que le candidat a bien compris le texte.

– Faites percevoir la dimension tragique de cet incipit dans votre lecture.

– Respectez la ponctuation du texte, notamment les virgules, afin de mettre en relief les rythmes binaires et ternaires.

Analyse du texte

▧ *Introduction rédigée*

L'incipit du *Dernier Jour d'un condamné* plonge immédiatement le lecteur au cœur de l'enfer carcéral. Les premiers mots, qui font écho au titre du roman, sont prononcés par un narrateur anonyme évoquant à la première personne une terrible nouvelle : sa condamnation à mort. Victor Hugo offre ainsi au lecteur un début de roman original et surprenant qui instaure d'emblée une tonalité sombre et dramatique. Nous verrons comment cet incipit saisissant montre un narrateur aux prises avec l'idée obsessionnelle de la mort et voué à un sort tragique.

▧ *Analyse guidée*

I. Un incipit saisissant

a. L'entrée dans le roman se fait *in medias re*s. Rappelez ce que signifie cette expression et montrez en quoi cette façon d'entrer dans le récit renforce son caractère dramatique.

Le Dernier Jour d'un condamné

b. Le narrateur s'exprime à la première personne. Rendez compte de ses sentiments en vous appuyant sur les types de phrases utilisés et sur la ponctuation.

c. Ce chapitre oppose deux époques, un temps passé, révolu, et un temps présent insupportable. Relevez les indices temporels qui se rapportent à ces époques distinctes et caractérisez chacune d'elles.

II. « Un refrain horrible » : l'obsession de la mort

a. La mort est omniprésente en ce début de roman. Relevez toutes les expressions de l'incipit connotant cette idée.

b. L'idée de la condamnation à mort est devenue une obsession dans l'esprit du narrateur. Repérez les structures syntaxiques (parallélismes de construction, rythmes binaires et ternaires) qui renforcent cette idée fixe.

c. Dès la première phrase, le narrateur déclare « habit[er] avec cette pensée ». Montrez comment l'enfermement est à la fois physique et mental en vous appuyant sur des expressions du texte.

III. Un sort tragique

a. Le condamné, enfermé et privé de liberté, ne peut s'empêcher de penser à son sort prochain. Relevez une formule répétée à trois reprises dans cet incipit et qui évoque la condition présente du narrateur.

b. Dans l'avant-dernier paragraphe, le narrateur décrit sa cellule en insistant sur son caractère angoissant et terrifiant. Dites en quoi il s'agit d'une description subjective évoquant l'état d'esprit du personnage.

c. Le condamné est totalement impuissant face à son sort. Montrez comment les différentes personnifications et métaphores permettent de souligner cette idée.

■ *Conclusion rédigée*

Dans cet incipit, Victor Hugo parvient à nous faire pénétrer dans la conscience tourmentée du narrateur de façon saisissante. Le lecteur l'accompagne dans cet enfer de l'enfermement et dans l'attente angoissante de la mort. La dimension tragique qui s'instaure sert l'aspect dramatique du récit et permet, plus largement, de soutenir l'argumentation de l'auteur : il s'agit de montrer le scandale de la peine de mort, qui retire à l'homme son libre-arbitre et le plonge dans une angoisse indicible et inhumaine.

Arrêt sur lecture 2

Les trois questions de l'examinateur

Question 1. Comparez le début du roman et la fin : en quoi s'agit-il de passages décisifs du roman et comment Victor Hugo les met-il en valeur ?

Question 2. Pourquoi selon vous Victor Hugo a-t-il choisi de ne pas raconter l'histoire du condamné et les raisons de son exécution ?

Question 3. Observer l'illustration de couverture et dites comment y est exprimée l'idée d'enfermement. Comparez-la aux passages du texte où le condamné décrit sa cellule.

Chapitre 16

Pendant le peu d'heures que j'ai passées à l'infirmerie, je m'étais assis près d'une fenêtre, au soleil, – il avait reparu – ou du moins recevant du soleil tout ce que les grilles de la croisée m'en laissaient.

J'étais là, ma tête pesante et embrasée dans mes deux mains, qui en avaient plus qu'elles n'en pouvaient porter, mes coudes sur mes genoux, les pieds sur les barreaux de ma chaise, car l'abattement fait que je me courbe et me replie sur moi-même comme si je n'avais plus ni os dans les membres ni muscles dans la chair.

L'odeur étouffée de la prison me suffoquait plus que jamais, j'avais encore dans l'oreille tout ce bruit de chaînes des galériens, j'éprouvais une grande lassitude de Bicêtre. Il me semblait que le bon Dieu devrait bien avoir pitié de moi et m'envoyer au moins un petit oiseau pour chanter là, en face, au bord du toit.

Je ne sais si ce fut le bon Dieu ou le démon qui m'exauça ; mais presque au même moment j'entendis s'élever sous ma fenêtre une voix, non celle d'un oiseau, mais bien mieux : la voix pure, fraîche, veloutée d'une jeune fille de quinze ans. Je levai la tête comme en sursaut, j'écoutai avidement la chanson qu'elle chantait. C'était un air lent et langoureux, une espèce de roucoulement triste et lamentable ; voici les paroles :

> M'dit : Qu'as-tu donc morfillé ?
> C'est dans la rue du Mail
> Où j'ai été coltigé,
> Maluré,
> Par trois coquins de railles,
> Lirlonfa malurette,
> Sur mes sique' ont foncé,
> Lirlonfa maluré.

Chapitre 16

Je ne saurais dire combien fut amer mon désappointement. La
voix continua:

M'dit: Qu'as-tu donc morfillé?
Sur mes sique' ont foncé,
                    Maluré.
Ils m'ont mis la tartouve,
                    Lirlonfa malurette,
Grand Meudon est aboule,
                    Lirlonfa maluré.
Dans mon trimin rencontre
                    Lirlonfa malurette,
Un peigre du quartier,
                    Lirlonfa maluré.

Un peigre du quartier.
                    Maluré.
– Va-t'en dire à ma largue,
                    Lirlonfa malurette,
Que je suis enfourraillé,
                    Lirlonfa maluré.
Ma largue tout en colère,
                    Lirlonfa malurette,
M'dit: Qu'as-tu donc morfillé?
                    Lirlonfa maluré.

M'dit: Qu'as-tu donc morfillé?
                    Maluré.
– J'ai fait suer un chêne,
                    Lirlonfa malurette,
Son auberg j'ai enganté,
                    Lirlonfa maluré,
Son auberg et sa toquante,
                    Lirlonfa malurette,

Le Dernier Jour d'un condamné

Et ses attach's de cés,
       Lirlonfa maluré.

Et ses attach's de cés,
              Maluré.
Ma largu' part pour Versailles,
       Lirlonfa malurette,
Aux pieds d'sa majesté,
       Lirlonfa maluré.
Elle lui fonce un babillard,
       Lirlonfa malurette,
Pour m'faire défourrailler,
       Lirlonfa maluré.

Pour m' faire défourrailler,
              Maluré.
– Ah ! si j'en défourraille,
       Lirlonfa malurette,
Ma largue j'entiferai,
       Lirlonfa maluré,
J'li ferai porter fontange,
       Lirlonfa malurette,
Et souliers galuchés,
       Lirlonfa maluré.

Et souliers galuchés,
              Maluré.
Mais grand dabe qui s'fâche,
       Lirlonfa malurette,
Dit : – Par mon caloquet,
       Lirlonfa maluré,
J'li ferai danser une danse,
       Lirlonfa malurette,
Où il n'y a pas de plancher,
       Lirlonfa maluré. –

Je n'en ai pas entendu et n'aurais pu en entendre davantage. Le sens à demi compris et à demi caché de cette horrible complainte, cette lutte du brigand avec le guet, ce voleur qu'il rencontre et qu'il dépêche à sa femme, cet épouvantable message : J'ai assassiné un homme et je suis arrêté, *j'ai fait suer un chêne et je suis enfourraillé*; cette femme qui court à Versailles avec un placet[1], et cette *Majesté* qui s'indigne et menace le coupable de lui faire danser *la danse où il n'y a pas de plancher*; et tout cela chanté sur l'air le plus doux et par la plus douce voix qui ait jamais endormi l'oreille humaine !… J'en suis resté navré, glacé, anéanti. C'était une chose repoussante que toutes ces monstrueuses paroles sortant de cette bouche vermeille et fraîche. On eût dit la bave d'une limace sur une rose.

Je ne saurais rendre ce que j'éprouvais ; j'étais à la fois blessé et caressé. Le patois de la caverne et du bagne, cette langue ensanglantée et grotesque, ce hideux argot marié à une voix de jeune fille, gracieuse transition de la voix d'enfant à la voix de femme ! tous ces mots difformes et mal faits, chantés, cadencés, perlés.

Ah ! qu'une prison est quelque chose d'infâme ! il y a un venin qui y salit tout. Tout s'y flétrit, même la chanson d'une fille de quinze ans ! Vous y trouvez un oiseau, il a de la boue sur son aile ; vous y cueillez une jolie fleur, vous la respirez : elle pue.

Chapitre 17

Oh ! si je m'évadais, comme je courrais à travers champs !

Non, il ne faudrait pas courir. Cela fait regarder et soupçonner. Au contraire, marcher lentement, tête levée, en chantant. Tâcher d'avoir quelque vieux sarrau[2] bleu à dessins rouges. Cela déguise bien. Tous les maraîchers des environs en portent.

---

1. Placet : liste établie au début d'un procès contenant les noms des parties en cause et des avoués constitués.
2. Sarrau : blouse de travail ample à manches longues.

Le Dernier Jour d'un condamné

Je sais auprès d'Arcueil un fourré d'arbres à côté d'un marais, où, étant au collège, je venais avec mes camarades pêcher des grenouilles tous les jeudis. C'est là que je me cacherais jusqu'au soir.

La nuit tombée, je reprendrais ma course. J'irais à Vincennes. Non, la rivière m'empêcherait. J'irais à Arpajon. – Il aurait mieux valu prendre du côté de Saint-Germain, et aller au Havre, et m'embarquer pour l'Angleterre. – N'importe ! j'arrive à Longjumeau. Un gendarme passe ; il me demande mon passeport… Je suis perdu !

Ah ! malheureux rêveur, brise donc d'abord le mur épais de trois pieds qui t'emprisonne ! La mort ! la mort !

Quand je pense que je suis venu tout enfant, ici, à Bicêtre, voir le grand puits et les fous !

Chapitre 18

Pendant que j'écrivais tout ceci, la lampe a pâli, le jour est venu, l'horloge de la chapelle a sonné six heures.

Qu'est-ce que cela veut dire ? Le guichetier de garde vient d'entrer dans mon cachot, il a ôté sa casquette, m'a salué, s'est excusé de me déranger, et m'a demandé, en adoucissant de son mieux sa rude voix, ce que je désirais à déjeuner ?…

Il m'a pris un frisson. – Est-ce que ce serait pour aujourd'hui ?

Chapitre 19

C'est pour aujourd'hui !

Le directeur de la prison lui-même vient de me rendre visite. Il m'a demandé en quoi il pourrait m'être agréable ou utile, a exprimé le désir que je n'eusse pas à me plaindre de lui ou de ses

Chapitre 21

⁵ subordonnés, s'est informé avec intérêt de ma santé et de la façon dont j'avais passé la nuit ; en me quittant, il m'a appelé *monsieur !*

C'est pour aujourd'hui !

Chapitre 20

Il ne croit pas, ce geôlier, que j'aie à me plaindre de lui et de ses sous-geôliers. Il a raison. Ce serait mal à moi de me plaindre ; ils ont fait leur métier, ils m'ont bien gardé ; et puis ils ont été polis à l'arrivée et au départ. Ne dois-je pas être content ?

⁵ Ce bon geôlier, avec son sourire bénin, ses paroles caressantes, son œil qui flatte et qui espionne, ses grosses et larges mains, c'est la prison incarnée, c'est Bicêtre qui s'est fait homme. Tout est prison autour de moi ; je retrouve la prison sous toutes les formes, sous la forme humaine comme sous la forme de grille ou de

¹⁰ verrou. Ce mur, c'est de la prison en pierre ; cette porte, c'est de la prison en bois ; ces guichetiers, c'est de la prison en chair et en os. La prison est une espèce d'être horrible, complet, indivisible, moitié maison, moitié homme. Je suis sa proie ; elle me couve, elle m'enlace de tous ses replis. Elle m'enferme dans ses murailles de

¹⁵ granit, me cadenasse sous ses serrures de fer, et me surveille avec ses yeux de geôlier.

Ah ! misérable ! que vais-je devenir ? qu'est-ce qu'ils vont faire de moi ?

Chapitre 21

Je suis calme maintenant. Tout est fini, bien fini. Je suis sorti de l'horrible anxiété où m'avait jeté la visite du directeur. Car, je l'avoue, j'espérais encore. Maintenant, Dieu merci, je n'espère plus.

Le Dernier Jour d'un condamné

Voici ce qui vient de se passer :

Au moment où six heures et demie sonnaient, – non, c'était l'avant-quart, – la porte de mon cachot s'est rouverte. Un vieillard à tête blanche, vêtu d'une redingote brune, est entré. Il a entrouvert sa redingote. J'ai vu une soutane, un rabat. C'était un prêtre.

Ce prêtre n'était pas l'aumônier de la prison. Cela était sinistre.

Il s'est assis en face de moi avec un sourire bienveillant ; puis a secoué la tête et levé les yeux au ciel, c'est-à-dire à la voûte du cachot. Je l'ai compris.

– Mon fils, m'a-t-il dit, êtes-vous préparé ?

Je lui ai répondu d'une voix faible :

– Je ne suis pas préparé, mais je suis prêt.

Cependant ma vue s'est troublée, une sueur glacée est sortie à la fois de tous mes membres, j'ai senti mes tempes se gonfler, et j'avais les oreilles pleines de bourdonnements.

Pendant que je vacillais sur ma chaise comme endormi, le bon vieillard parlait. C'est du moins ce qu'il m'a semblé, et je crois me souvenir que j'ai vu ses lèvres remuer, ses mains s'agiter, ses yeux reluire.

La porte s'est rouverte une seconde fois. Le bruit des verrous nous a arrachés, moi à ma stupeur, lui à son discours. Une espèce de monsieur en habit noir, accompagné du directeur de la prison, s'est présenté, et m'a salué profondément. Cet homme avait sur le visage quelque chose de la tristesse officielle des employés des pompes funèbres. Il tenait un rouleau de papier à la main.

– Monsieur, m'a-t-il dit avec un sourire de courtoisie, je suis huissier près de la cour royale de Paris. J'ai l'honneur de vous apporter un message de la part de monsieur le procureur général.

La première secousse était passée. Toute ma présence d'esprit m'était revenue.

– C'est monsieur le procureur général, lui ai-je répondu, qui a demandé si instamment ma tête ? Bien de l'honneur pour moi qu'il m'écrive. J'espère que ma mort lui va faire grand plaisir ? car

Chapitre 21

il me serait dur de penser qu'il l'a sollicitée avec tant d'ardeur et qu'elle lui était indifférente.

J'ai dit tout cela, et j'ai repris d'une voix ferme :

– Lisez, monsieur !

Il s'est mis à me lire un long texte, en chantant à la fin de chaque ligne et en hésitant au milieu de chaque mot. C'était le rejet de mon pourvoi.

– L'arrêt sera exécuté aujourd'hui en place de Grève, a-t-il ajouté quand il a eu terminé, sans lever les yeux de dessus son papier timbré. Nous partons à sept heures et demie précises pour la Conciergerie. Mon cher monsieur, aurez-vous l'extrême bonté de me suivre ?

Depuis quelques instants je ne l'écoutais plus. Le directeur causait avec le prêtre ; lui, avait l'œil fixé sur son papier ; je regardais la porte, qui était restée entrouverte…

– Ah ! misérable ! quatre fusiliers dans le corridor !

L'huissier a répété sa question, en me regardant cette fois.

– Quand vous voudrez, lui ai-je répondu. À votre aise !

Il m'a salué en disant :

– J'aurai l'honneur de venir vous chercher dans une demi-heure.

Alors ils m'ont laissé seul.

Un moyen de fuir, mon Dieu ! un moyen quelconque ! Il faut que je m'évade ! il le faut ! sur-le-champ ! par les portes, par les fenêtres, par la charpente du toit ! quand même je devrais laisser de ma chair après les poutres !

Ô rage ! démons ! malédiction ! Il faudrait des mois pour percer ce mur avec de bons outils, et je n'ai ni un clou, ni une heure !

Le Dernier Jour d'un condamné

Chapitre 22

De la Conciergerie.

Me voici *transféré*, comme dit le procès-verbal.

Mais le voyage vaut la peine d'être conté.

Sept heures et demie sonnaient lorsque l'huissier s'est présenté
de nouveau au seuil de mon cachot. – Monsieur, m'a-t-il dit, je vous
attends. – Hélas lui et d'autres !

Je me suis levé, j'ai fait un pas ; il m'a semblé que je n'en pour-
rais faire un second, tant ma tête était lourde et mes jambes faibles.
Cependant je me suis remis et j'ai continué d'une allure assez ferme.
Avant de sortir du cabanon, j'y ai promené un dernier coup d'œil.
– Je l'aimais, mon cachot. – Puis, je l'ai laissé vide et ouvert ; ce qui
donne à un cachot un air singulier.

Au reste, il ne le sera pas longtemps. Ce soir on y attend quelqu'un,
disaient les porte-clefs, un condamné que la cour d'assises est en
train de faire à l'heure qu'il est.

Au détour du corridor, l'aumônier nous a rejoints. Il venait de
déjeuner.

Au sortir de la geôle, le directeur m'a pris affectueusement la
main, et a renforcé mon escorte de quatre vétérans.

Devant la porte de l'infirmerie, un vieillard moribond m'a crié :
Au revoir !

Nous sommes arrivés dans la cour. J'ai respiré ; cela m'a fait
du bien.

Nous n'avons pas marché longtemps à l'air. Une voiture attelée
de chevaux de poste stationnait dans la première cour ; c'est la même
voiture qui m'avait amené : une espèce de cabriolet oblong[1], divisé
en deux sections par une grille transversale de fil de fer si épaisse
qu'on la dirait tricotée. Les deux sections ont chacune une porte,
l'une devant, l'autre derrière la carriole. Le tout si sale, si noir, si

---

1. Oblong : qui est plus long que large.

Chapitre 22

30 poudreux, que le corbillard[1] des pauvres est un carrosse du sacre en comparaison.

Avant de m'ensevelir dans cette tombe à deux roues, j'ai jeté un regard dans la cour, un de ces regards désespérés devant lesquels il semble que les murs devraient crouler. La cour, espèce de petite 35 place plantée d'arbres, était plus encombrée encore de spectateurs que pour les galériens. Déjà la foule !

Comme le jour du départ de la chaîne, il tombait une pluie de la saison, une pluie fine et glacée qui tombe encore à l'heure où j'écris, qui tombera sans doute toute la journée, qui durera plus 40 que moi.

Les chemins étaient effondrés, la cour pleine de fange[2] et d'eau. J'ai eu plaisir à voir cette foule dans cette boue.

Nous sommes montés, l'huissier et un gendarme, dans le compartiment de devant ; le prêtre, moi et un gendarme dans l'autre. 45 Quatre gendarmes à cheval autour de la voiture. Ainsi, sans le postillon[3], huit hommes pour un homme.

Pendant que je montais, il y avait une vieille aux yeux gris qui disait : – J'aime encore mieux cela que la chaîne.

Je conçois. C'est un spectacle qu'on embrasse plus aisément 50 d'un coup d'œil, c'est plus tôt vu. C'est tout aussi beau et plus commode. Rien ne vous distrait. Il n'y a qu'un homme, et sur cet homme seul autant de misère que sur tous les forçats à la fois. Seulement cela est moins éparpillé ; c'est une liqueur concentrée, bien plus savoureuse.

55 La voiture s'est ébranlée. Elle a fait un bruit sourd en passant sous la voûte de la grande porte, puis a débouché dans l'avenue, et les lourds battants de Bicêtre se sont refermés derrière elle. Je me sentais emporté avec stupeur, comme un homme tombé en léthargie[4] qui ne peut ni remuer ni crier et qui entend qu'on l'enterre.

---

1. Corbillard : voiture à chevaux qui transporte les morts au cimetière.
2. Fange : boue.
3. Postillon : conducteur d'une voiture de poste.
4. Léthargie : torpeur, engourdissement.

Le Dernier Jour d'un condamné

60 J'écoutais vaguement les paquets de sonnettes pendus au cou des chevaux de poste sonner en cadence et comme par hoquets, les roues ferrées bruire sur le pavé ou cogner la caisse en changeant d'ornière, le galop sonore des gendarmes autour de la carriole, le fouet claquant du postillon. Tout cela me semblait comme un
65 tourbillon qui m'emportait.

À travers le grillage d'un judas percé en face de moi, mes yeux s'étaient fixés machinalement sur l'inscription gravée en grosses lettres au-dessus de la grande porte de Bicêtre : HOSPICE DE LA VIEILLESSE[1].

70 — Tiens, me disais-je, il paraît qu'il y a des gens qui vieillissent, là.

Et, comme on fait entre la veille et le sommeil, je retournais cette idée en tous sens dans mon esprit engourdi de douleur. Tout à coup la carriole, en passant de l'avenue dans la grande route, a
75 changé le point de vue de la lucarne. Les tours de Notre-Dame sont venues s'y encadrer, bleues et à demi effacées dans la brume de Paris. Sur-le-champ le point de vue de mon esprit a changé aussi. J'étais devenu machine comme la voiture. À l'idée de Bicêtre a succédé l'idée des tours de Notre-Dame.

80 — Ceux qui seront sur la tour où est le drapeau verront bien, me suis-je dit en souriant stupidement.

Je crois que c'est à ce moment-là que le prêtre s'est remis à me parler. Je l'ai laissé dire patiemment. J'avais déjà dans l'oreille le bruit des roues, le galop des chevaux, le fouet du postillon. C'était
85 un bruit de plus.

J'écoutais en silence cette chute de paroles monotones qui assoupissaient ma pensée comme le murmure d'une fontaine, et qui passaient devant moi, toujours diverses et toujours les mêmes, comme les ormeaux tortus[2] de la grande route, lorsque la voix brève

---

1. Hospice de la vieillesse : Bicêtre fut d'abord un hospice pour vieillards et soldats estropiés au XVIIe siècle.
2. Tortus : irréguliers.

et saccadée de l'huissier, placé sur le devant, est venue subitement me secouer.

– Eh bien ! monsieur l'abbé, disait-il avec un accent presque gai, qu'est-ce que vous savez de nouveau ?

C'est vers le prêtre qu'il se retournait en parlant ainsi.

L'aumônier, qui me parlait sans relâche, et que la voiture assourdissait, n'a pas répondu.

– Hé ! hé ! a repris l'huissier en haussant la voix pour avoir le dessus sur le bruit des roues ; infernale voiture !

Infernale ! En effet.

Il a continué.

– Sans doute, c'est le cahot[1] ; on ne s'entend pas. Qu'est-ce que je voulais donc dire ? Faites-moi le plaisir de m'apprendre ce que je voulais dire, monsieur l'abbé ? – Ah ! savez-vous la grande nouvelle de Paris, aujourd'hui ?

J'ai tressailli, comme s'il parlait de moi.

– Non, a dit le prêtre, qui avait enfin entendu, je n'ai pas eu le temps de lire les journaux ce matin. Je verrai cela ce soir. Quand je suis occupé comme cela toute la journée, je recommande au portier de me garder mes journaux, et je les lis en rentrant.

– Bah ! a repris l'huissier, il est impossible que vous ne sachiez pas cela. La nouvelle de Paris ! La nouvelle de ce matin !

J'ai pris la parole : – Je crois la savoir.

L'huissier m'a regardé.

– Vous ! vraiment ! En ce cas, qu'en dites-vous ?

– Vous êtes curieux ! lui ai-je dit.

– Pourquoi, monsieur ? a répliqué l'huissier. Chacun a son opinion politique. Je vous estime trop pour croire que vous n'avez pas la vôtre. Quant à moi, je suis tout à fait d'avis du rétablissement de la garde nationale. J'étais sergent de ma compagnie, et, ma foi, c'était fort agréable.

---

1. Cahot : soubresaut, secousse que l'on ressent à l'intérieur d'un véhicule roulant sur un terrain accidenté.

Le Dernier Jour d'un condamné

Je l'ai interrompu.

– Je ne croyais pas que ce fût de cela qu'il s'agissait.

– Et de quoi donc ? vous disiez savoir la nouvelle…

– Je parlais d'une autre, dont Paris s'occupe aussi aujourd'hui.

L'imbécile n'a pas compris ; sa curiosité s'est éveillée.

– Une autre nouvelle ? Où diable avez-vous pu apprendre des nouvelles ? Laquelle, de grâce, mon cher monsieur ? Savez-vous ce que c'est, monsieur l'abbé ? êtes-vous plus au courant que moi ? Mettez-moi au fait, je vous prie. De quoi s'agit-il ? – Voyez-vous, j'aime les nouvelles. Je les conte à monsieur le président, et cela l'amuse.

Et mille billevesées[1]. Il se tournait tour à tour vers le prêtre et vers moi, et je ne répondais qu'en haussant les épaules.

– Eh bien ! m'a-t-il dit, à quoi pensez-vous donc ?

– Je pense, ai-je répondu, que je ne penserai plus ce soir.

– Ah ! c'est cela ! a-t-il répliqué. Allons, vous êtes trop triste ! M. Castaing causait.

Puis, après un silence :

– J'ai conduit M. Papavoine ; il avait sa casquette de loutre et fumait son cigare. Quant aux jeunes gens de La Rochelle, ils ne parlaient qu'entre eux. Mais ils parlaient.

Il a fait encore une pause, et a poursuivi :

– Des fous ! des enthousiastes ! Ils avaient l'air de mépriser tout le monde. Pour ce qui est de vous, je vous trouve bien pensif, jeune homme.

– Jeune homme ! lui ai-je dit, je suis plus vieux que vous ; chaque quart d'heure qui s'écoule me vieillit d'une année.

Il s'est retourné, m'a regardé quelques minutes avec un étonnement inepte, puis s'est mis à ricaner lourdement.

– Allons, vous voulez rire, plus vieux que moi ! je serais votre grand-père.

---

1. Billevesées : propos vides de sens et souvent erronés.

Chapitre 22

– Je ne veux pas rire, lui ai-je répondu gravement.

Il a ouvert sa tabatière.

155 – Tenez, cher monsieur, ne vous fâchez pas ; une prise de tabac, et ne me gardez pas rancune.

– N'ayez pas peur ; je n'aurai pas longtemps à vous la garder.

En ce moment sa tabatière, qu'il me tendait, a rencontré le grillage qui nous séparait. Un cahot a fait qu'elle l'a heurté assez violemment 160 et est tombée tout ouverte sous les pieds du gendarme.

– Maudit grillage ! s'est écrié l'huissier.

Il s'est tourné vers moi.

– Eh bien ! ne suis-je pas malheureux ? tout mon tabac est perdu !

165 – Je perds plus que vous, ai-je répondu en souriant.

Il a essayé de ramasser son tabac, en grommelant entre ses dents :

– Plus que moi ! cela est facile à dire. Pas de tabac jusqu'à Paris ! c'est terrible !

170 L'aumônier alors lui a adressé quelques paroles de consolation, et je ne sais si j'étais préoccupé, mais il m'a semblé que c'était la suite de l'exhortation dont j'avais eu le commencement. Peu à peu la conversation s'est engagée entre le prêtre et l'huissier ; je les ai laissés parler de leur côté, et je me suis mis à penser du mien.

175 En abordant la barrière[1], j'étais toujours préoccupé sans doute, mais Paris m'a paru faire un plus grand bruit qu'à l'ordinaire.

La voiture s'est arrêtée un moment devant l'octroi. Les douaniers de ville l'ont inspectée. Si c'eût été un mouton ou un bœuf qu'on eût mené à la boucherie, il aurait fallu leur jeter une bourse 180 d'argent ; mais une tête humaine ne paye pas de droit. Nous avons passé.

Le boulevard franchi, la carriole s'est enfoncée au grand trot dans ces vieilles rues tortueuses du faubourg Saint-Marceau et de la Cité, qui serpentent et s'entrecoupent comme les mille chemins

---

1. Barrière : porte d'entrée de la ville, qui était alors entourée d'une enceinte.

Le Dernier Jour d'un condamné

185 d'une fourmilière. Sur le pavé de ces rues étroites le roulement
de la voiture est devenu si bruyant et si rapide, que je n'entendais
plus rien du bruit extérieur. Quand je jetais les yeux par la petite
lucarne carrée, il me semblait que le flot des passants s'arrêtait
pour regarder la voiture, et que des bandes d'enfants couraient
190 sur sa trace. Il m'a semblé aussi voir de temps en temps dans les
carrefours çà et là un homme ou une vieille en haillons, quelquefois les deux ensemble, tenant en main une liasse de feuilles
imprimées que les passants se disputaient, en ouvrant la bouche
comme pour un grand cri.

195   Huit heures et demie sonnaient à l'horloge du Palais au moment
où nous sommes arrivés dans la cour de la Conciergerie. La vue de
ce grand escalier, de cette noire chapelle, de ces guichets sinistres,
m'a glacé. Quand la voiture s'est arrêtée, j'ai cru que les battements
de mon cœur allaient s'arrêter aussi.

200   J'ai recueilli mes forces ; la porte s'est ouverte avec la rapidité
de l'éclair ; j'ai sauté à bas du cachot roulant, et je me suis enfoncé
à grands pas sous la voûte entre deux haies de soldats. Il s'était déjà
formé une foule sur mon passage.

Chapitre 23

    Tant que j'ai marché dans les galeries publiques du Palais de
Justice, je me suis senti presque libre et à l'aise ; mais toute ma
résolution m'a abandonné quand on a ouvert devant moi des portes basses, des escaliers secrets, des couloirs intérieurs, de longs
5 corridors étouffés, où il n'entre que ceux qui condamnent ou ceux
qui sont condamnés.

    L'huissier m'accompagnait toujours. Le prêtre m'avait quitté
pour revenir dans deux heures : il avait ses affaires.

    On m'a conduit au cabinet du directeur, entre les mains duquel
10 l'huissier m'a remis. C'était un échange. Le directeur l'a prié

Chapitre 23

d'attendre un instant, lui annonçant qu'il allait avoir du *gibier* à lui remettre, afin qu'il le conduisît sur-le-champ à Bicêtre par le retour de la carriole. Sans doute le condamné d'aujourd'hui, celui qui doit coucher ce soir sur la botte de paille que je n'ai pas eu le temps d'user.

– C'est bon, a dit l'huissier au directeur, je vais attendre un moment ; nous ferons les deux procès-verbaux à la fois, cela s'arrange bien.

En attendant, on m'a déposé dans un petit cabinet attenant à celui du directeur. Là, on m'a laissé seul, bien verrouillé.

Je ne sais à quoi je pensais, ni depuis combien de temps j'étais là, quand un brusque et violent éclat de rire à mon oreille m'a réveillé de ma rêverie.

J'ai levé les yeux en tressaillant. Je n'étais plus seul dans la cellule. Un homme s'y trouvait avec moi, un homme d'environ cinquante-cinq ans, de moyenne taille ; ridé, voûté, grisonnant ; à membres trapus ; avec un regard louche dans des yeux gris, un rire amer sur le visage ; sale, en guenilles, demi nu, repoussant à voir.

Il paraît que la porte s'était ouverte, l'avait vomi, puis s'était refermée sans que je m'en fusse aperçu. Si la mort pouvait venir ainsi !

Nous nous sommes regardés quelques secondes fixement, l'homme et moi ; lui, prolongeant son rire qui ressemblait à un râle ; moi, demi étonné, demi effrayé.

– Qui êtes-vous ? lui ai-je dit enfin.

– Drôle de demande ! a-t-il répondu. Un friauche[1].

– Un friauche ! Qu'est-ce que cela veut dire ?

Cette question a redoublé sa gaieté.

– Cela veut dire, s'est-il écrié au milieu d'un éclat de rire, que le taule jouera au panier avec ma sorbonne dans six semaines, comme il va faire avec ta tronche dans six heures. – Ha ! ha ! il paraît que tu comprends maintenant.

---

1. Friauche : condamné à mort.

Le Dernier Jour d'un condamné

En effet, j'étais pâle, et mes cheveux se dressaient. C'était l'autre condamné, le condamné du jour, celui qu'on attendait à Bicêtre, mon héritier.

Il a continué :

– Que veux-tu ? voilà mon histoire à moi. Je suis fils d'un bon peigre ; c'est dommage que Charlot ait pris la peine de lui attacher sa cravate[1]*. C'était quand régnait la potence, par la grâce de Dieu. À six ans, je n'avais plus ni père ni mère ; l'été, je faisais la roue dans la poussière au bord des routes, pour qu'on me jetât un sou par la portière des chaises de poste ; l'hiver, j'allais pieds nus dans la boue en soufflant dans mes doigts tout rouges ; on voyait mes cuisses à travers mon pantalon. À neuf ans, j'ai commencé à me servir de mes louches, de temps en temps je vidais une fouillouse, je filais une pelure ; à dix ans, j'étais un marlou. Puis j'ai fait des connaissances ; à dix-sept, j'étais un grinche. Je forçais une boutanche, je faussais une tournante. On m'a pris. J'avais l'âge, on m'a envoyé ramer dans la petite marine. Le bagne, c'est dur ; coucher sur une planche, boire de l'eau claire, manger du pain noir, traîner un imbécile de boulet qui ne sert à rien ; des coups de bâton et des coups de soleil. Avec cela on est tondu, et moi qui avais de beaux cheveux châtains ! N'importe !… j'ai fait mon temps. Quinze ans, cela s'arrache ! J'avais trente-deux ans. Un beau matin on me donna une feuille de route et soixante-six francs que je m'étais amassés dans mes quinze ans de galères, en travaillant seize heures par jour, trente jours par mois, et douze mois par année. C'est égal, je voulais être honnête homme

---

1.* Cravate : corde. Charlot : le bourreau. Mes louches : mes mains. Une fouillouse : une poche. Je filais une pelure : je volais un manteau. Un marlou : un filou. Un grinche : un voleur. Je forçais une boutanche, je faussais une tournante : je forçais une boutique, je faussais une clef. Dans la petite marine : aux galères. Une serpillière de ratichon : une soutane d'abbé. Tapiquer : habiter. Cheval de retour : ramené au bagne. Les bonnets verts : les condamnés à perpétuité. Leur coire : leur chef. On faisait la grande soulasse sur le trimar : on assassinait sur les grands chemins. Les marchands de lacets : les gendarmes. Fanandels : camarades. Le faucheur : le bourreau. A épousé la veuve : a été pendu. L'abbaye de Mont-à-regret : la guillotine. Le sinvre devant la carline : le poltron devant la mort. La placarde : place de Grève. Vousailles : vous. Le sanglier : le prêtre.

Chapitre 23

avec mes soixante-six francs, et j'avais de plus beaux sentiments
sous mes guenilles qu'il n'y en a sous une serpillière de ratichon.
70 Mais que les diables soient avec le passeport! il était jaune, et on
avait écrit dessus *forçat libéré*. Il fallait montrer cela partout où je
passais et le présenter tous les huit jours au maire du village où l'on
me forçait de tapiquer. La belle recommandation! un galérien!
Je faisais peur, et les petits enfants se sauvaient, et l'on fermait les
75 portes. Personne ne voulait me donner d'ouvrage. Je mangeai mes
soixante-six francs. Et puis, il fallut vivre. Je montrai mes bras bons
au travail, on ferma les portes. J'offris ma journée pour quinze sous,
pour dix sous, pour cinq sous. Point. Que faire? Un jour, j'avais
faim. Je donnai un coup de coude dans le carreau d'un boulanger;
80 j'empoignai un pain, et le boulanger m'empoigna; je ne mangeai
pas le pain, et j'eus les galères à perpétuité, avec trois lettres de
feu[1] sur l'épaule. – Je te montrerai, si tu veux. – On appelle cette
justice-là *la récidive*. Me voilà donc cheval de retour. On me remit
à Toulon; cette fois avec les bonnets verts. Il fallait m'évader. Pour
85 cela, je n'avais que trois murs à percer, deux chaînes à couper, et
j'avais un clou. Je m'évadai. On tira le canon d'alerte; car, nous
autres, nous sommes comme les cardinaux de Rome, habillés de
rouge, et on tire le canon quand nous partons. Leur poudre alla
aux moineaux. Cette fois, pas de passeport jaune, mais pas d'argent
90 non plus. Je rencontrai des camarades qui avaient aussi fait leur
temps ou cassé leur ficelle. Leur coire me proposa d'être des leurs,
on faisait la grande soulasse sur le trimar. J'acceptai, et je me mis à
tuer pour vivre. C'était tantôt une diligence, tantôt une chaise de
poste, tantôt un marchand de bœufs à cheval. On prenait l'argent, on
95 laissait aller au hasard la bête ou la voiture, et l'on enterrait l'homme
sous un arbre, en ayant soin que les pieds ne sortissent pas; et puis
on dansait sur la fosse, pour que la terre ne parût pas fraîchement
remuée. J'ai vieilli comme cela, gîtant dans les broussailles, dormant
aux belles étoiles, traqué de bois en bois, mais du moins libre et à

---

1. Lettres de feu : «T.F.P.», ce qui signifie «travaux forcés à perpétuité».

Le Dernier Jour d'un condamné

moi. Tout a une fin, et autant celle-là qu'une autre. Les marchands de lacets, une belle nuit, nous ont pris au collet. Mes fanandels se sont sauvés ; mais moi, le plus vieux, je suis resté sous la griffe de ces chats à chapeaux galonnés. On m'a amené ici. J'avais déjà passé tous les échelons de l'échelle, excepté un. Avoir volé un mouchoir ou tué un homme, c'était tout un pour moi désormais ; il y avait encore une récidive à m'appliquer. Je n'avais plus qu'à passer par le faucheur. Mon affaire a été courte. Ma foi, je commençais à vieillir et à n'être plus bon à rien. Mon père a épousé la veuve, moi je me retire à l'abbaye de Mont-à-Regret. – Voilà, camarade.

J'étais resté stupide en l'écoutant. Il s'est remis à rire plus haut encore qu'en commençant, et a voulu me prendre la main. J'ai reculé avec horreur.

– L'ami, m'a-t-il dit, tu n'as pas l'air brave. Ne va pas faire le sinvre devant la carline. Vois-tu, il y a un mauvais moment à passer sur la placarde ; mais cela est sitôt fait ! Je voudrais être là pour te montrer la culbute. Mille dieux ! j'ai envie de ne pas me pourvoir, si l'on veut me faucher aujourd'hui avec toi. Le même prêtre nous servira à tous deux ; ça m'est égal d'avoir tes restes. Tu vois que je suis un bon garçon. Hein ! dis, veux-tu ? d'amitié !

Il a encore fait un pas pour s'approcher de moi.

– Monsieur, lui ai-je répondu en le repoussant, je vous remercie.

Nouveaux éclats de rire à ma réponse.

– Ah ! ah ! monsieur, vousailles êtes un marquis ! c'est un marquis !

Je l'ai interrompu :

– Mon ami, j'ai besoin de me recueillir, laisse-moi.

La gravité de ma parole l'a rendu pensif tout à coup. Il a remué sa tête grise et presque chauve ; puis, creusant avec ses ongles sa poitrine velue, qui s'offrait nue sous sa chemise ouverte :

– Je comprends, a-t-il murmuré entre ses dents ; au fait, le sanglier !...

Puis, après quelques minutes de silence :

– Tenez, m'a-t-il dit presque timidement, vous êtes un marquis,

Chapitre 24

135 c'est fort bien ; mais vous avez là une belle redingote qui ne vous servira plus à grand-chose ! le taule la prendra. Donnez-la-moi, je la vendrai pour avoir du tabac.

J'ai ôté ma redingote et je la lui ai donnée. Il s'est mis à battre des mains avec une joie d'enfant. Puis, voyant que j'étais en chemise et que je grelottais :

140 – Vous avez froid, monsieur, mettez ceci ; il pleut, et vous seriez mouillé ; et puis il faut être décemment, sur la charrette.

En parlant ainsi, il ôtait sa grosse veste de laine grise et la passait dans mes bras. Je le laissais faire.

Alors j'ai été m'appuyer contre le mur, et je ne saurais dire quel
145 effet me faisait cet homme. Il s'était mis à examiner la redingote que je lui avais donnée, et poussait à chaque instant des cris de joie.

– Les poches sont toutes neuves ! le collet n'est pas usé ! – j'en aurai au moins quinze francs. – Quel bonheur ! du tabac pour mes six semaines !

150 La porte s'est rouverte. On venait nous chercher tous deux ; moi, pour me conduire à la chambre où les condamnés attendent l'heure ; lui, pour le mener à Bicêtre. Il s'est placé en riant au milieu du piquet qui devait l'emmener, et il disait aux gendarmes :

– Ah çà ! ne vous trompez pas ; nous avons changé de pelure,
155 monsieur et moi ; mais ne me prenez pas à sa place. Diable ! cela ne m'arrangerait pas, maintenant que j'ai de quoi avoir du tabac !

Chapitre 24

Ce vieux scélérat, il m'a pris ma redingote, car je ne la lui ai pas donnée, et puis il m'a laissé cette guenille, sa veste infâme. De qui vais-je avoir l'air ?

Je ne lui ai pas laissé prendre ma redingote par insouciance ou
5 par charité. Non ; mais parce qu'il était plus fort que moi. Si j'avais refusé, il m'aurait battu avec ses gros poings.

Le Dernier Jour d'un condamné

Ah bien oui, charité ! j'étais plein de mauvais sentiments. J'aurais voulu pouvoir l'étrangler de mes mains, le vieux voleur ! pouvoir le piler sous mes pieds !

Je me sens le cœur plein de rage et d'amertume. Je crois que la poche au fiel a crevé. La mort rend méchant.

Arrêt
sur lecture 3

Pour comprendre l'essentiel

Une chronologie oppressante

❶ Dans le chapitre 17, le narrateur imagine une évasion et il s'appuie pour cela sur certains lieux de son passé. Après avoir relevé ces souvenirs, étudiez la succession des temps et des modes dans ce chapitre et dites comment elle traduit la fin de tout espoir de fuite.

❷ Dans les chapitres 18 et 19, la narration renoue avec le présent. Après avoir relevé les indicateurs temporels, expliquez en quoi ils renforcent la tension dramatique.

❸ Pour faire comprendre au lecteur l'horreur insoutenable de la situation, Victor Hugo a recours à des images fortes. Relevez deux images exprimant l'idée que le narrateur n'a plus de temps devant lui.

Un trajet vers la mort

❹ Quand le condamné quitte la prison de Bicêtre, il se rapproche de la mort, qui devient omniprésente dans le récit. Étudiez, dans le chapitre 22, le lexique de la mort, notamment dans la description de la carriole.

❺ Le narrateur décrit longuement son trajet vers la prison de la Conciergerie. Recensez les différents lieux évoqués en montrant comment

Le Dernier Jour d'un condamné

chaque espace traversé est décrit comme un labyrinthe oppressant.
Dites quel est l'effet recherché par Victor Hugo.

❻ En se rapprochant de la guillotine, le narrateur est progressivement
exclu du monde. Relevez tous les éléments montrant que, peu à peu,
une barrière se dresse entre lui et les autres hommes.

❼ Le condamné, proche de la mort, n'a plus qu'une seule arme : l'ironie.
En relisant le chapitre 22, relevez les marques du registre ironique.

Des prisonniers qui ont leur propre langage

❽ Les chapitres 16 et 23 accordent une grande place à l'argot. Dites
pourquoi cela contribue à donner une vision réaliste de la prison au
XIXᵉ siècle.

❾ Dans le chapitre 5, le condamné définit le langage des prisonniers
comme une « espèce d'excroissance hideuse ». Montrez comment il est à
la fois fasciné et horrifié par cette façon de parler singulière, en expliquant
l'ambivalence de ses sentiments.

Rappelez-vous !

• Les forçats, à l'image du friauche, ont recours à l'**argot**. En
intégrant ce langage dans son roman, Victor Hugo a ainsi
tenu à en renforcer l'aspect **réaliste**. Cette langue remplit en
outre une **fonction symbolique** : elle permet de montrer que
le narrateur est non seulement exclu du monde des hommes
libres, mais aussi des prisonniers eux-mêmes car, issu d'une
classe sociale aisée, il ne comprend pas ce langage.

• Le portrait des bagnards est une peinture à la fois **grotesque**
et **tragique**. Le caractère ridicule et inquiétant de ces hommes
enchaînés exprime la misère de leur condition. Victor Hugo
mêle ainsi des registres et des tonalités différents afin de
montrer à quel point la prison déshumanise les hommes, qui
n'ont même plus conscience de leur malheur.

Arrêt sur lecture 3

Vers l'oral du Bac

Analyse des lignes 92 à 174, p. 105-107

👉 Montrer comment ce dialogue révèle l'isolement et l'exclusion du condamné

Conseils pour la lecture à voix haute

– Il s'agit d'un dialogue qui use d'un artifice théâtral, le *quiproquo*.
En soignant l'intonation, les différences de ton entre les personnages,
vous devez montrer à l'examinateur que vous avez compris la dimension
ironique du texte.

– Lors de la lecture d'un dialogue, tout doit être lu: les passages de récit
comme les propositions incises.

Analyse du texte

▪ *Introduction rédigée*

Au chapitre 22, le narrateur continue son récit depuis la Conciergerie. Il
raconte alors le trajet ultime qu'il vient de vivre et qui l'a mené de l'ancien
cachot de Bicêtre à la nouvelle prison, à bord de la calèche, «cette tombe
à deux roues». L'homme, qui semble s'éloigner de plus en plus du monde
des vivants, entreprend une conversation avec l'huissier qui l'accompagne
dans ce voyage. Ce dialogue renforce le sentiment d'exclusion que subit
déjà le condamné et le rapproche de plus en plus de la mort. Nous verrons
comment il met en lumière son isolement par le biais d'un quiproquo
tragique et par l'utilisation d'une subtile ironie.

117

Le Dernier Jour d'un condamné

▪ *Analyse guidée*

I. Un quiproquo tragique et ironique

a. Ce dialogue commence quelques lignes avant l'extrait étudié. Rappelez pourquoi le condamné entame la conversation avec l'huissier et en quoi cela peut être considéré comme un *quiproquo* (vous donnerez la définition de ce terme).

b. L'huissier se trouve davantage préoccupé par la chute de son tabac que par le sort du condamné. Expliquez comment Victor Hugo parvient à mettre en scène la cruauté des hommes grâce à cet épisode.

c. L'incompréhension est grandissante entre l'huissier et le condamné. Analysez les répliques du condamné (notamment l'emploi de mots à double sens) et dites en quoi elles se jouent ironiquement de cette confusion.

II. Un homme définitivement coupé des autres hommes

a. Cette conversation signe l'exclusion définitive du condamné du monde des vivants. Montrez comment son isolement est rendu sensible par le biais d'antithèses qui opposent le comportement du condamné et celui de l'huissier.

b. Le dialogue permet de rapporter les paroles des personnages par l'utilisation du discours direct. Dites pourquoi Victor Hugo revient finalement au discours indirect à la fin de l'extrait.

c. Le condamné manifeste une profonde et amère désillusion à l'égard de ses semblables, et son sentiment est renforcé par l'attitude du prêtre. Relevez, dans l'extrait, l'allusion faite à ce personnage et expliquez les résonances polémiques qu'elle peut avoir.

▪ *Conclusion rédigée*

La conversation entre l'huissier et le condamné, par le biais d'un quiproquo tragique et ironique, montre que le narrateur est bel et bien exclu de l'humanité : il semble mort avant même son exécution. L'indifférence de l'huissier, préoccupé par des questions bien dérisoires, est mise en avant grâce à l'ironie et renforce le sentiment de solitude du condamné, qui ne trouve nulle part compassion ou pitié. L'extrait rend compte également de son amertume et de son désespoir : désormais, il ne pourra plus dialoguer avec les vivants, il est seul face à la mort.

Arrêt sur lecture 3

Les trois questions de l'examinateur

Question 1. En quoi le transfert du condamné de la prison de Bicêtre à la Conciergerie peut-il être comparé à un itinéraire vers la mort ?

Question 2. En quoi le personnage du prêtre permet-il à Victor Hugo de faire la satire de l'Église ? Observez le tableau reproduit au verso de la couverture en début d'ouvrage (en bas), et comparez-le au texte de Victor Hugo.

Question 3. Lors des derniers chapitres, le condamné bénéficie d'une dernière visite d'un membre de sa famille : vous rappellerez de qui il s'agit et montrerez en quoi réside la cruauté de la scène.

Chapitre 25

Ils m'ont amené dans une cellule où il n'y a que les quatre murs, avec beaucoup de barreaux à la fenêtre et beaucoup de verrous à la porte, cela va sans dire.

J'ai demandé une table, une chaise, et ce qu'il faut pour écrire. On m'a apporté tout cela.

Puis j'ai demandé un lit. Le guichetier m'a regardé de ce regard étonné qui semble dire : – À quoi bon ?

Cependant ils ont dressé un lit de sangle dans le coin. Mais en même temps un gendarme est venu s'installer dans ce qu'ils appellent *ma chambre*. Est-ce qu'ils ont peur que je ne m'étrangle avec le matelas ?

Chapitre 26

Il est dix heures.

Ô ma pauvre petite fille ! encore six heures ; et je serai mort ! je serai quelque chose d'immonde qui traînera sur la table froide des amphithéâtres[1] ; une tête qu'on moulera d'un côté, un tronc qu'on disséquera de l'autre ; puis de ce qui restera, on en mettra plein une bière, et le tout ira à Clamart.

Voilà ce qu'ils vont faire de ton père, ces hommes dont aucun ne me hait, qui tous me plaignent et tous pourraient me sauver. Ils vont me tuer. Comprends-tu cela, Marie ? me tuer de sang-froid, en cérémonie, pour le bien de la chose ! Ah ! grand Dieu !

---

1. Table froide des amphithéâtres : les cadavres des condamnés exécutés étaient délivrés aux écoles de médecine afin de procéder à des dissections.

Chapitre 26

Pauvre petite! ton père qui t'aimait tant, ton père qui baisait ton petit cou blanc et parfumé, qui passait la main sans cesse dans les boucles de tes cheveux comme sur de la soie, qui prenait ton joli visage rond dans sa main, qui te faisait sauter sur ses genoux, et le soir joignait tes deux mains pour prier Dieu!

Qui est-ce qui te fera tout cela maintenant? Qui est-ce qui t'aimera? Tous les enfants de ton âge auront des pères, excepté toi. Comment te déshabitueras-tu, mon enfant, du jour de l'an, des étrennes, des beaux joujoux, des bonbons et des baisers? – Comment te déshabitueras-tu, malheureuse orpheline, de boire et de manger?

Oh! si ces jurés l'avaient vue, au moins, ma jolie petite Marie! ils auraient compris qu'il ne faut pas tuer le père d'un enfant de trois ans.

Et quand elle sera grande, si elle va jusque-là, que deviendra-t-elle? Son père sera un des souvenirs du peuple de Paris. Elle rougira de moi et de mon nom; elle sera méprisée, repoussée, vile à cause de moi, de moi qui l'aime de toutes les tendresses de mon cœur. Ô ma petite Marie bien-aimée! Est-il bien vrai que tu auras honte et horreur de moi?

Misérable! quel crime j'ai commis, et quel crime je fais commettre à la société!

Oh! est-il bien vrai que je vais mourir avant la fin du jour? Est-il bien vrai que c'est moi? Ce bruit sourd de cris que j'entends au-dehors, ce flot de peuple joyeux qui déjà se hâte sur les quais, ces gendarmes qui s'apprêtent dans leurs casernes, ce prêtre en robe noire, cet autre homme aux mains rouges, c'est pour moi! c'est moi qui vais mourir! moi, le même qui est ici, qui vit, qui se meut, qui respire, qui est assis à cette table, laquelle ressemble à une autre table, et pourrait aussi bien être ailleurs; moi, enfin, ce moi que je touche et que je sens, et dont le vêtement fait les plis que voilà!

Le Dernier Jour d'un condamné

Chapitre 27

Encore si je savais comment cela est fait, et de quelle façon on meurt là-dessus ! mais c'est horrible, je ne le sais pas.

Le nom de la chose est effroyable, et je ne comprends point comment j'ai pu jusqu'à présent l'écrire et le prononcer.

La combinaison de ces dix lettres, leur aspect, leur physionomie est bien faite pour réveiller une idée épouvantable, et le médecin de malheur qui a inventé la chose avait un nom prédestiné.

L'image que j'y attache, à ce mot hideux, est vague, indéterminée, et d'autant plus sinistre. Chaque syllabe est comme une pièce de la machine. J'en construis et j'en démolis sans cesse dans mon esprit la monstrueuse charpente.

Je n'ose faire une question là-dessus, mais il est affreux de ne savoir ce que c'est, ni comment s'y prendre. Il paraît qu'il y a une bascule et qu'on vous couche sur le ventre... – Ah ! mes cheveux blanchiront avant que ma tête ne tombe !

Chapitre 28

Je l'ai cependant entrevue une fois.

Je passais sur la place de Grève, en voiture, un jour vers onze heures du matin. Tout à coup la voiture s'arrêta.

Il y avait foule sur la place. Je mis la tête à la portière. Une populace encombrait la Grève et le quai, et des femmes, des hommes, des enfants étaient debout sur le parapet. Au-dessus des têtes, on voyait une espèce d'estrade en bois rouge que trois hommes échafaudaient.

Un condamné devait être exécuté le jour même, et l'on bâtissait la machine.

Je détournai la tête avant d'avoir vu. À côté de la voiture, il y avait une femme qui disait à un enfant :

Chapitre 30

– Tiens, regarde ! le couteau coule mal, ils vont graisser la rainure avec un bout de chandelle.

C'est probablement là qu'ils en sont aujourd'hui. Onze heures viennent de sonner. Ils graissent sans doute la rainure.

Ah ! cette fois, malheureux, je ne détournerai pas la tête.

Chapitre 29

Ô ma grâce ! ma grâce ! on me fera peut-être grâce. Le roi ne m'en veut pas. Qu'on aille chercher mon avocat ! vite l'avocat ! Je veux bien des galères. Cinq ans de galères, et que tout soit dit, – ou vingt ans, – ou à perpétuité avec le fer rouge. Mais grâce de la vie !

Un forçat, cela marche encore, cela va et vient, cela voit le soleil.

Chapitre 30

Le prêtre est revenu.

Il a des cheveux blancs, l'air très doux, une bonne et respectable figure ; c'est en effet un homme excellent et charitable. Ce matin, je l'ai vu vider sa bourse dans les mains des prisonniers. D'où vient que sa voix n'a rien qui émeuve et qui soit ému ? D'où vient qu'il ne m'a rien dit encore qui m'ait pris par l'intelligence ou par le cœur ?

Ce matin, j'étais égaré. J'ai à peine entendu ce qu'il m'a dit. Cependant ses paroles m'ont semblé inutiles, et je suis resté indifférent : elles ont glissé comme cette pluie froide sur cette vitre glacée.

Cependant, quand il est rentré tout à l'heure près de moi, sa vue m'a fait du bien. C'est parmi tous ces hommes le seul qui soit encore homme pour moi, me suis-je dit. Et il m'a pris une ardente soif de bonnes et consolantes paroles.

Le Dernier Jour d'un condamné

15 Nous nous sommes assis, lui sur la chaise, moi sur le lit. Il m'a dit : – Mon fils… – Ce mot m'a ouvert le cœur. Il a continué :

– Mon fils, croyez-vous en Dieu ?

– Oui, mon père, lui ai-je répondu.

– Croyez-vous en la sainte église catholique, apostolique[1] et
20 romaine ?

– Volontiers, lui ai-je dit.

– Mon fils, a-t-il repris, vous avez l'air de douter.

Alors il s'est mis à parler. Il a parlé longtemps ; il a dit beaucoup de paroles ; puis, quand il a cru avoir fini, il s'est levé et m'a regardé
25 pour la première fois depuis le commencement de son discours, en m'interrogeant :

– Eh bien ?

Je proteste que je l'avais écouté avec avidité d'abord, puis avec attention, puis avec dévouement.
30 Je me suis levé aussi.

– Monsieur, lui ai-je répondu, laissez-moi seul, je vous prie.

Il m'a demandé :

– Quand reviendrai-je ?

– Je vous le ferai savoir.
35 Alors il est sorti sans colère, mais en hochant la tête, comme se disant à lui-même :

– Un impie[2] !

Non, si bas que je sois tombé, je ne suis pas un impie, et Dieu m'est témoin que je crois en lui. Mais que m'a-t-il dit, ce vieillard ?
40 rien de senti, rien d'attendri, rien de pleuré, rien d'arraché de l'âme, rien qui vînt de son cœur pour aller au mien, rien qui fût de lui à moi. Au contraire, je ne sais quoi de vague, d'inaccentué, d'applicable à tout et à tous ; emphatique où il eût été besoin de profondeur, plat où il eût fallu être simple ; une espèce de sermon
45 sentimental et d'élégie théologique. Çà et là, une citation latine

---

1. Apostolique : relatif à la propagation de la foi.
2. Impie : qui ne respecte pas sa propre religion ou la religion officielle.

Chapitre 30

en latin. Saint Augustin, saint Grégoire [1], que sais-je ? Et puis, il avait l'air de réciter une leçon déjà vingt fois récitée, de repasser un thème, oblitéré dans sa mémoire à force d'être su. Pas un regard dans l'œil, pas un accent dans la voix, pas un geste dans les mains.

Et comment en serait-il autrement ? Ce prêtre est l'aumônier en titre de la prison. Son état est de consoler et d'exhorter, et il vit de cela. Les forçats, les patients sont du ressort de son éloquence. Il les confesse et les assiste, parce qu'il a sa place à faire. Il a vieilli à mener des hommes mourir. Depuis longtemps il est habitué à ce qui fait frissonner les autres ; ses cheveux, bien poudrés à blanc, ne se dressent plus ; le bagne et l'échafaud sont de tous les jours pour lui. Il est blasé. Probablement il a son cahier ; telle page les galériens, telle page les condamnés à mort. On l'avertit la veille qu'il y aura quelqu'un à consoler le lendemain à telle heure ; il demande ce que c'est, galérien ou supplicié ? et relit la page ; et puis il vient. De cette façon, il advient que ceux qui vont à Toulon et ceux qui vont à la Grève sont un lieu commun pour lui, et qu'il est un lieu commun pour eux.

Oh ! qu'on m'aille donc, au lieu de cela, chercher quelque jeune vicaire, quelque vieux curé, au hasard, dans la première paroisse venue, qu'on le prenne au coin de son feu, lisant son livre et ne s'attendant à rien, et qu'on lui dise :

– Il y a un homme qui va mourir, et il faut que ce soit vous qui le consoliez. Il faut que vous soyez là quand on lui liera les mains, là quand on lui coupera les cheveux ; que vous montiez dans sa charrette avec votre crucifix pour lui cacher le bourreau ; que vous soyez cahoté avec lui par le pavé jusqu'à la Grève : que vous traversiez avec lui l'horrible foule buveuse de sang ; que vous l'embrassiez au pied de l'échafaud, et que vous restiez jusqu'à ce que la tête soit ici et le corps là.

---

1. Saint Augustin, saint Grégoire : deux des quatre Pères de l'Église d'Occident qui ont permis d'établir la doctrine catholique.

Le Dernier Jour d'un condamné

Alors, qu'on me l'amène, tout palpitant, tout frissonnant de la tête aux pieds ; qu'on me jette entre ses bras, à ses genoux ; et il pleurera, et nous pleurerons, et il sera éloquent, et je serai consolé, et mon cœur se dégonflera dans le sien, et il prendra mon âme, et je prendrai son Dieu.

Mais ce bon vieillard, qu'est-il pour moi ? que suis-je pour lui ? un individu de l'espèce malheureuse, une ombre comme il en a déjà tant vu, une unité à ajouter au chiffre des exécutions.

J'ai peut-être tort de le repousser ainsi ; c'est lui qui est bon et moi qui suis mauvais. Hélas ! ce n'est pas ma faute. C'est mon souffle de condamné qui gâte et flétrit tout.

On vient de m'apporter de la nourriture ; ils ont cru que je devais en avoir besoin. Une table délicate et recherchée, un poulet, il me semble, et autre chose encore. Eh bien ! j'ai essayé de manger ; mais, à la première bouchée, tout est tombé de ma bouche, tant cela m'a paru amer et fétide !

Chapitre 31

Il vient d'entrer un monsieur, le chapeau sur la tête, qui m'a à peine regardé, puis a ouvert un pied-de-roi[1] et s'est mis à mesurer de bas en haut les pierres du mur, parlant d'une voix très haute pour dire tantôt : *C'est cela* ; tantôt : *Ce n'est pas cela*.

J'ai demandé au gendarme qui c'était. Il paraît que c'est une espèce de sous-architecte employé à la prison.

De son côté, sa curiosité s'est éveillée sur mon compte. Il a échangé quelques demi-mots avec le porte-clefs qui l'accompagnait ; puis a fixé un instant les yeux sur moi, a secoué la tête d'un air insouciant, et s'est remis à parler à haute voix et à prendre des mesures.

---

1. **Pied-de-roi** : règle pliante.

Sa besogne finie, il s'est approché de moi en me disant avec sa voix éclatante :

– Mon bon ami, dans six mois cette prison sera beaucoup mieux.

Et son geste semblait ajouter :

– Vous n'en jouirez pas, c'est dommage.

Il souriait presque. J'ai cru voir le moment où il allait me railler doucement, comme on plaisante une jeune mariée le soir de ses noces.

Mon gendarme, vieux soldat à chevrons, s'est chargé de la réponse.

– Monsieur, lui a-t-il dit, on ne parle pas si haut dans la chambre d'un mort.

L'architecte s'en est allé.

Moi, j'étais là, comme une des pierres qu'il mesurait.

Chapitre 32

Et puis, il m'est arrivé une chose ridicule.

On est venu relever mon bon vieux gendarme, auquel, ingrat égoïste que je suis, je n'ai seulement pas serré la main. Un autre l'a remplacé ; homme à front déprimé, des yeux de bœuf, une figure inepte.

Au reste, je n'y avais fait aucune attention. Je tournais le dos à la porte, assis devant la table ; je tâchais de rafraîchir mon front avec ma main, et mes pensées troublaient mon esprit.

Un léger coup, frappé sur mon épaule, m'a fait tourner la tête. C'était le nouveau gendarme, avec qui j'étais seul.

Voici à peu près de quelle façon il m'a adressé la parole.

– Criminel, avez-vous bon cœur ?

– Non, lui ai-je dit.

La brusquerie de ma réponse a paru le déconcerter. Cependant il a repris en hésitant :

Le Dernier Jour d'un condamné

– On n'est pas méchant pour le plaisir de l'être.

– Pourquoi non ? ai-je répliqué. Si vous n'avez que cela à me dire, laissez-moi. Où voulez-vous en venir ?

– Pardon, mon criminel, a-t-il répondu. Deux mots seulement. Voici. Si vous pouviez faire le bonheur d'un pauvre homme, et que cela ne vous coûtât rien, est-ce que vous ne le feriez pas ?

J'ai haussé les épaules.

– Est-ce que vous arrivez de Charenton[1] ? Vous choisissez un singulier vase pour y puiser du bonheur. Moi, faire le bonheur de quelqu'un !

Il a baissé la voix et pris un air mystérieux, ce qui n'allait pas à sa figure idiote.

– Oui, criminel, oui bonheur, oui fortune. Tout cela me sera venu de vous. Voici. Je suis un pauvre gendarme. Le service est lourd, la paye est légère ; mon cheval est à moi et me ruine. Or, je mets à la loterie pour contre-balancer. Il faut bien avoir une industrie. Jusqu'ici il ne m'a manqué pour gagner que d'avoir de bons numéros. J'en cherche partout de sûrs ; je tombe toujours à côté. Je mets le 76 ; il sort le 77. J'ai beau les nourrir, ils ne viennent pas... – Un peu de patience, s'il vous plaît, je suis à la fin. – Or, voici une belle occasion pour moi. Il paraît, pardon, criminel, que vous passez aujourd'hui. Il est certain que les morts qu'on fait périr comme cela voient la loterie d'avance. Promettez-moi de venir demain soir, qu'est-ce que cela vous fait ? me donner trois numéros, trois bons. Hein ? – Je n'ai pas peur des revenants, soyez tranquille. – Voici mon adresse : Caserne Popincourt, escalier A, n° 26, au fond du corridor. Vous me reconnaîtrez bien, n'est-ce pas ? – Venez même ce soir, si cela vous est plus commode.

J'aurais dédaigné de lui répondre, à cet imbécile, si une espérance folle ne m'avait traversé l'esprit. Dans la position désespérée où je suis, on croit par moments qu'on briserait une chaîne avec un cheveu.

---

1. Charenton : ancien asile d'aliénés où fut enfermé notamment le marquis de Sade.

Chapitre 33

– Écoute, lui ai-je dit en faisant le comédien autant que le peut faire celui qui va mourir, je puis en effet te rendre plus riche que le roi, te faire gagner des millions. – À une condition.

Il ouvrait des yeux stupides.

– Laquelle ? laquelle ? tout pour vous plaire, mon criminel.

– Au lieu de trois numéros, je t'en promets quatre. Change d'habits avec moi.

– Si ce n'est que cela ! s'est-il écrié en défaisant les premières agrafes de son uniforme.

Je m'étais levé de ma chaise. J'observais tous ses mouvements, mon cœur palpitait. Je voyais déjà les portes s'ouvrir devant l'uniforme de gendarme, et la place, et la rue et le Palais de Justice derrière moi !

Mais il s'est retourné d'un air indécis.

– Ah çà ! ce n'est pas pour sortir d'ici ?

J'ai compris que tout était perdu. Cependant j'ai tenté un dernier effort, bien inutile et bien insensé !

– Si fait, lui ai-je dit, mais ta fortune est faite…

Il m'a interrompu.

– Ah bien non ! tiens ! et mes numéros ! pour qu'ils soient bons, il faut que vous soyez mort.

Je me suis rassis, muet et plus désespéré de toute l'espérance que j'avais eue.

Chapitre 33

J'ai fermé les yeux, et j'ai mis les mains dessus, et j'ai tâché d'oublier, d'oublier le présent dans le passé. Tandis que je rêve, les souvenirs de mon enfance et de ma jeunesse me reviennent un à un, doux, calmes, riants, comme des îles de fleurs sur ce gouffre de pensées noires et confuses qui tourbillonnent dans mon cerveau.

Je me revois enfant, écolier rieur et frais, jouant, courant, criant avec mes frères dans la grande allée verte de ce jardin sauvage où ont coulé mes premières années, ancien enclos de religieuses que domine de sa tête de plomb le sombre dôme du Val-de-Grâce.

Et puis, quatre ans plus tard, m'y voilà encore, toujours enfant, mais déjà rêveur et passionné. Il y a une jeune fille dans le solitaire jardin.

La petite Espagnole, avec ses grands yeux et ses grands cheveux, sa peau brune et dorée, ses lèvres rouges et ses joues roses, l'Andalouse de quatorze ans, Pepa.

Nos mères nous ont dit d'aller courir ensemble : nous sommes venus nous promener.

On nous a dit de jouer, et nous causons, enfants du même âge, non du même sexe.

Pourtant, il n'y a encore qu'un an, nous courions, nous luttions ensemble. Je disputais à Pepita la plus belle pomme du pommier ; je la frappais pour un nid d'oiseau. Elle pleurait ; je disais : C'est bien fait ! et nous allions tous deux nous plaindre ensemble à nos mères, qui nous donnaient tort tout haut et raison tout bas.

Maintenant elle s'appuie sur mon bras, et je suis tout fier et tout ému. Nous marchons lentement, nous parlons bas. Elle laisse tomber son mouchoir, je le lui ramasse. Nos mains tremblent en se touchant. Elle me parle des petits oiseaux, de l'étoile qu'on voit là-bas, du couchant vermeil derrière les arbres, ou bien de ses amies de pension, de sa robe et de ses rubans. Nous disons des choses innocentes, et nous rougissons tous deux. La petite fille est devenue jeune fille.

Ce soir-là, – c'était un soir d'été, – nous étions sous les marronniers, au fond du jardin. Après un de ces longs silences qui remplissaient nos promenades, elle quitta tout à coup mon bras, et me dit : Courons !

Je la vois encore, elle était tout en noir, en deuil de sa grand'mère. Il lui passa par la tête une idée d'enfant, Pepa redevint Pepita, elle me dit : Courons !

Chapitre 33

Et elle se mit à courir devant moi avec sa taille fine comme le corset d'une abeille et ses petits pieds qui relevaient sa robe jusqu'à mi-jambe. Je la poursuivis, elle fuyait : le vent de sa course soulevait par moments sa pèlerine noire, et me laissait voir son dos brun et frais.

J'étais hors de moi. Je l'atteignis près du vieux puisard[1] en ruine ; je la pris par la ceinture, du droit de victoire, et je la fis asseoir sur un banc de gazon ; elle ne résista pas. Elle était essoufflée et riait. Moi, j'étais sérieux, et je regardais ses prunelles noires à travers ses cils noirs.

– Asseyez-vous là, me dit-elle. Il fait encore grand jour, lisons quelque chose. Avez-vous un livre ?

J'avais sur moi le tome second des Voyages de Spallanzani[2]. J'ouvris au hasard, je me rapprochai d'elle, elle appuya son épaule à mon épaule, et nous nous mîmes à lire chacun de notre côté, tout bas, la même page. Avant de tourner le feuillet, elle était toujours obligée de m'attendre. Mon esprit allait moins vite que le sien.

– Avez-vous fini ? me disait-elle, que j'avais à peine commencé.

Cependant nos têtes se touchaient, nos cheveux se mêlaient, nos haleines peu à peu se rapprochèrent, et nos bouches tout à coup.

Quand nous voulûmes continuer notre lecture, le ciel était étoilé.

– Oh ! maman, maman, dit-elle en rentrant, si tu savais comme nous avons couru !

Moi, je gardais le silence.

– Tu ne dis rien, me dit ma mère, tu as l'air triste.

J'avais le paradis dans le cœur.

C'est une soirée que je me rappellerai toute ma vie.

Toute ma vie !

---

1. Puisard : puits étanche en hauteur, dans lequel se déversent les eaux usées et les eaux de pluie.
2. Lazzaro Spallanzani (1729-1799) : biologiste italien qui fit de nombreux voyages d'observation en Europe.

Chapitre 34

Une heure vient de sonner. Je ne sais laquelle : j'entends mal le marteau de l'horloge. Il me semble que j'ai un bruit d'orgue dans les oreilles ; ce sont mes dernières pensées qui bourdonnent.

À ce moment suprême où je me recueille dans mes souvenirs, j'y retrouve mon crime avec horreur ; mais je voudrais me repentir davantage encore. J'avais plus de remords avant ma condamnation ; depuis, il semble qu'il n'y ait plus de place que pour les pensées de mort. Pourtant, je voudrais bien me repentir beaucoup.

Quand j'ai rêvé une minute à ce qu'il y a de passé dans ma vie, et que j'en reviens au coup de hache qui doit la terminer tout à l'heure, je frissonne comme dans une chose nouvelle. Ma belle enfance ! ma belle jeunesse ! étoffe dorée dont l'extrémité est sanglante. Entre alors et à présent, il y a une rivière de sang, le sang de l'autre et le mien.

Si on lit un jour mon histoire, après tant d'années d'innocence et de bonheur, on ne voudra pas croire à cette année exécrable, qui s'ouvre par un crime et se clôt par un supplice ; elle aura l'air dépareillée.

Et pourtant, misérables lois et misérables hommes, je n'étais pas un méchant !

Oh ! mourir dans quelques heures, et penser qu'il y a un an, à pareil jour, j'étais libre et pur, que je faisais mes promenades d'automne, que j'errais sous les arbres, et que je marchais dans les feuilles !

Chapitre 35

En ce moment même, il y a tout auprès de moi, dans ces maisons qui font cercle autour du Palais et de la Grève, et partout dans Paris, des hommes qui vont et viennent, causent et rient, lisent le journal,

pensent à leurs affaires ; des marchands qui vendent ; des jeunes
5   filles qui préparent leurs robes de bal pour ce soir ; des mères qui
jouent avec leurs enfants !

Chapitre 36

Je me souviens qu'un jour, étant enfant, j'allai voir le bourdon[1]
de Notre-Dame.

J'étais déjà étourdi d'avoir monté le sombre escalier en colimaçon,
d'avoir parcouru la frêle galerie qui lie les deux tours, d'avoir eu Paris
5   sous les pieds, quand j'entrai dans la cage de pierre et de charpente
où pend le bourdon avec son battant, qui pèse un millier.

J'avançai en tremblant sur les planches mal jointes, regardant
à distance cette cloche si fameuse parmi les enfants et le peuple
de Paris, et ne remarquant pas sans effroi que les auvents couverts
10 d'ardoises qui entourent le clocher de leurs plans inclinés étaient
au niveau de mes pieds. Dans les intervalles, je voyais, en quelque
sorte à vol d'oiseau, la place du Parvis-Notre-Dame, et les passants
comme des fourmis.

Tout à coup l'énorme cloche tinta, une vibration profonde remua
15 l'air, fit osciller la lourde tour. Le plancher sautait sur les poutres. Le
bruit faillit me renverser ; je chancelai, prêt à tomber, prêt à glisser
sur les auvents d'ardoises en pente. De terreur, je me couchai sur
les planches, les serrant étroitement de mes deux bras, sans parole,
sans haleine, avec ce formidable tintement dans les oreilles, et sous
20 les yeux ce précipice, cette place profonde où se croisaient tant de
passants paisibles et enviés.

Eh bien ! il me semble que je suis encore dans la tour du bourdon.
C'est tout ensemble un étourdissement et un éblouissement. Il y a
comme un bruit de cloche qui ébranle les cavités de mon cerveau ;

---

1. Bourdon : cloche très grave.

Le Dernier Jour d'un condamné

25 et autour de moi je n'aperçois plus cette vie plane et tranquille que
j'ai quittée, et où les autres hommes cheminent encore, que de loin
et à travers les crevasses d'un abîme.

Chapitre 37

L'hôtel de ville est un édifice sinistre.

Avec son toit aigu et roide, son clocheton bizarre, son grand
cadran blanc, ses étages à petites colonnes, ses milles croisées, ses
escaliers usés par les pas, ses deux arches à droite et à gauche, il
5 est là, de plain-pied avec la Grève ; sombre, lugubre, la face toute
rongée de vieillesse, et si noir, qu'il est noir au soleil.

Les jours d'exécution, il vomit des gendarmes de toutes ses
portes, et regarde le condamné avec toutes ses fenêtres.

Et le soir, son cadran, qui a marqué l'heure, reste lumineux sur
10 sa façade ténébreuse.

Chapitre 38

Il est une heure et quart.

Voici ce que j'éprouve maintenant :

Une violente douleur de tête. Les reins froids, le front brûlant.
Chaque fois que je me lève ou que je me penche, il me semble qu'il
5 y a un liquide qui flotte dans mon cerveau, et qui fait battre ma
cervelle contre les parois du crâne.

J'ai des tressaillements convulsifs, et de temps en temps la plume
tombe de mes mains comme par une secousse galvanique[1].

Les yeux me cuisent comme si j'étais dans la fumée.

---

1. Galvanique : électrique.

10   J'ai mal dans les coudes.

Encore deux heures et quarante-cinq minutes, et je serai guéri.

Chapitre 39

Ils disent que ce n'est rien, qu'on ne souffre pas, que c'est une fin douce, que la mort de cette façon est bien simplifiée.

Eh! qu'est-ce donc que cette agonie de six semaines et ce râle de tout un jour? Qu'est-ce que les angoisses de cette journée irré-
5   parable, qui s'écoule si lentement et si vite? Qu'est-ce que cette échelle de torture qui aboutit à l'échafaud?

Apparemment ce n'est pas là souffrir.

Ne sont-ce pas les mêmes convulsions, que le sang s'épuise goutte à goutte, ou que l'intelligence s'éteigne pensée à pensée?
10   Et puis, on ne souffre pas, en sont-ils sûrs? Qui le leur a dit? Conte-t-on que jamais une tête coupée se soit dressée sanglante au bord du panier, et qu'elle ait crié au peuple: Cela ne fait pas de mal!

Y a-t-il des morts de leur façon qui soient venus les remercier
15   et leur dire: C'est bien inventé. Tenez-vous-en là. La mécanique est bonne.

Est-ce Robespierre? Est-ce Louis XVI?…

Non, rien! moins qu'une minute, moins qu'une seconde, et la chose est faite. – Se sont-ils jamais mis, seulement en pensée, à la
20   place de celui qui est là, au moment où le lourd tranchant qui tombe mord la chair, rompt les nerfs, brise les vertèbres… Mais quoi! une demi-seconde! la douleur est escamotée… Horreur!

Le Dernier Jour d'un condamné

Chapitre 40

Il est singulier que je pense sans cesse au roi. J'ai beau faire, beau secouer la tête, j'ai une voix dans l'oreille qui me dit toujours :

– Il y a dans cette même ville, à cette même heure, et pas bien loin d'ici, dans un autre palais, un homme qui a aussi des gardes à toutes ses portes, un homme unique comme toi dans le peuple, avec cette différence qu'il est aussi haut que tu es bas. Sa vie entière, minute par minute, n'est que gloire, grandeur, délices, enivrement. Tout est autour de lui amour, respect, vénération. Les voix les plus hautes deviennent basses en lui parlant et les fronts les plus fiers ploient. Il n'a que de la soie et de l'or sous les yeux. À cette heure, il tient quelque conseil de ministres où tous sont de son avis ; ou bien songe à la chasse de demain, au bal de ce soir, sûr que la fête viendra à l'heure, et laissant à d'autres le travail de ses plaisirs. Eh bien ! cet homme est de chair et d'os comme toi ! – Et pour qu'à l'instant même l'horrible échafaud s'écroulât, pour que tout te fût rendu, vie, liberté, fortune, famille, il suffirait qu'il écrivît avec cette plume les sept lettres de son nom[1] au bas d'un morceau de papier, ou même que son carrosse rencontrât ta charrette ! – Et il est bon, et il ne demanderait pas mieux peut-être, et il n'en sera rien !

Chapitre 41

Eh bien donc ! ayons courage avec la mort, prenons cette horrible idée à deux mains, et considérons-la en face. Demandons-lui compte de ce qu'elle est, sachons ce qu'elle nous veut, retournons-la en tous sens, épelons l'énigme, et regardons d'avance dans le tombeau.

Il me semble que, dès que mes yeux seront fermés, je verrai une

---

1. Charles, le roi désigné étant Charles X.

Chapitre 41

grande clarté et des abîmes de lumière où mon esprit roulera sans fin. Il me semble que le ciel lumineux de sa propre essence, que les astres y feront des taches obscures, et qu'au lieu d'être comme pour les yeux vivants des paillettes d'or sur du velours gris, ils sembleront des points noirs sur du drap d'or.

Ou bien, misérable que je suis, ce sera peut-être un gouffre hideux, profond, dont les parois seront tapissées de ténèbres, et où je tomberai sans cesse en voyant des formes remuer dans l'ombre.

Ou bien, en m'éveillant après le coup, je me trouverai peut-être sur quelque surface plane et humide, rampant dans l'obscurité et tournant sur moi-même comme une tête qui roule. Il me semble qu'il y aura un grand vent qui me poussera, et que je serai heurté çà et là par d'autres têtes roulantes. Il y aura par place des mares et des ruisseaux d'un liquide inconnu et tiède : tout sera noir. Quand mes yeux, dans leur rotation, seront tournés en haut, ils ne verront qu'un ciel sombre, dont les couches épaisses pèseront sur eux, et au loin dans le fond de grandes arches de fumées plus noires que les ténèbres. Ils verront aussi voltiger dans la nuit de petites étincelles rouges, qui, en s'approchant, deviendront des oiseaux de feu. Et ce sera ainsi toute l'éternité.

Il se peut bien aussi qu'à certaines dates les morts de la Grève se rassemblent par de noires nuits d'hiver sur la place qui est à eux. Ce sera une foule pâle et sanglante, et je n'y manquerai pas. Il n'y aura pas de lune, et l'on parlera à voix basse. L'hôtel de ville sera là, avec sa façade vermoulue, son toit déchiqueté, et son cadran qui aura été sans pitié pour tous. Il y aura sur la place une guillotine de l'enfer, où un démon exécutera un bourreau : ce sera à quatre heures du matin. À notre tour nous ferons foule autour.

Il est probable que cela est ainsi. Mais si ces morts-là reviennent, sous quelle forme reviennent-ils ? Que gardent-ils de leur corps incomplet et mutilé ? Que choisissent-ils ? Est-ce la tête ou le tronc qui est spectre ?

Hélas qu'est-ce que la mort fait avec notre âme ? quelle nature

Le Dernier Jour d'un condamné

lui laisse-t-elle ? qu'a-t-elle à lui prendre ou à lui donner ? où la met-elle ? lui prête-t-elle quelquefois des yeux de chair pour regarder sur la terre, et pleurer ?

Ah ! un prêtre ! un prêtre qui sache cela ! Je veux un prêtre, et un crucifix à baiser !

Mon Dieu, toujours le même !

Chapitre 42

Je l'ai prié de me laisser dormir, et je me suis jeté sur le lit.

En effet, j'avais un flot de sang dans la tête, qui m'a fait dormir. C'est mon dernier sommeil, de cette espèce.

J'ai fait un rêve.

J'ai rêvé que c'était la nuit. Il me semblait que j'étais dans mon cabinet avec deux ou trois de mes amis, je ne sais plus lesquels.

Ma femme était couchée dans la chambre à coucher, à côté, et dormait avec son enfant.

Nous parlions à voix basse, mes amis et moi, et ce que nous disions nous effrayait.

Tout à coup il me sembla entendre un bruit quelque part dans les autres pièces de l'appartement. Un bruit faible, étrange, indéterminé.

Mes amis avaient entendu comme moi. Nous écoutâmes : c'était comme une serrure qu'on ouvre sourdement, comme un verrou qu'on scie à petit bruit.

Il y avait quelque chose qui nous glaçait : nous avions peur. Nous pensâmes que peut-être c'étaient des voleurs qui s'étaient introduits chez moi, à cette heure si avancée de la nuit.

Nous résolûmes d'aller voir. Je me levai, je pris la bougie. Mes amis me suivaient, un à un.

Nous traversâmes la chambre à coucher, à côté. Ma femme dormait avec son enfant.

Chapitre 42

Puis nous arrivâmes dans le salon. Rien. Les portraits étaient
immobiles dans leurs cadres d'or sur la tenture rouge. Il me sembla
que la porte du salon à la salle à manger n'était point à sa place
ordinaire.

Nous entrâmes dans la salle à manger ; nous en fîmes le tour. Je
marchais le premier. La porte sur l'escalier était bien fermée, les
fenêtres aussi. Arrivé près du poêle, je vis que l'armoire au linge
était ouverte, et que la porte de cette armoire était tirée sur l'angle
du mur comme pour le cacher.

Cela me surprit. Nous pensâmes qu'il y avait quelqu'un derrière
la porte.

Je portai la main à cette porte pour refermer l'armoire ; elle
résista. Étonné, je tirai plus fort, elle céda brusquement, et nous
découvrit une petite vieille, les mains pendantes, les yeux fermés,
immobile, debout, et comme collée dans l'angle du mur.

Cela avait quelque chose de hideux, et mes cheveux se dressent
d'y penser.

Je demandai à la vieille :
– Que faites-vous là ?
Elle ne répondit pas.
Je lui demandai :
– Qui êtes-vous ?
Elle ne répondit pas, ne bougea pas, et resta les yeux fermés.
Mes amis dirent :
– C'est sans doute la complice de ceux qui sont entrés avec de
mauvaises pensées ; ils se sont échappés en nous entendant venir ;
elle n'aura pu fuir et s'est cachée là.

Je l'ai interrogée de nouveau, elle est demeurée sans voix, sans
mouvement, sans regard.

Un de nous l'a poussée à terre, elle est tombée.

Elle est tombée tout d'une pièce, comme un morceau de bois,
comme une chose morte.

Nous l'avons remuée du pied, puis deux de nous l'ont relevée
et de nouveau appuyée au mur. Elle n'a donné aucun signe de vie.

On lui a crié dans l'oreille, elle est restée muette comme si elle était sourde.

Cependant, nous perdions patience, et il y avait de la colère dans notre terreur. Un de nous m'a dit :

– Mettez-lui la bougie sous le menton.

Je lui ai mis la mèche enflammée sous le menton. Alors elle a ouvert un œil à demi, un œil vide, terne, affreux, et qui ne regardait pas.

J'ai ôté la flamme et j'ai dit :

– Ah ! enfin ! répondras-tu, vieille sorcière ? Qui es-tu ?

L'œil s'est refermé comme de lui-même.

– Pour le coup, c'est trop fort, ont dit les autres. Encore la bougie ! encore ! il faudra bien qu'elle parle.

J'ai replacé la lumière sous le menton de la vieille.

Alors, elle a ouvert ses deux yeux lentement, nous a regardés tous les uns après les autres, puis, se baissant brusquement, a soufflé la bougie avec un souffle glacé. Au même moment j'ai senti trois dents aiguës s'imprimer sur ma main, dans les ténèbres.

Je me suis réveillé, frissonnant et baigné d'une sueur froide.

Le bon aumônier était assis au pied de mon lit, et lisait des prières.

– Ai-je dormi longtemps ? lui ai-je demandé.

– Mon fils, m'a-t-il dit, vous avez dormi une heure. On vous a amené votre enfant. Elle est là dans la pièce voisine, qui vous attend. Je n'ai pas voulu qu'on vous éveillât.

– Oh ! ai-je crié, ma fille, qu'on m'amène ma fille !

Chapitre 43

Elle est fraîche, elle est rose, elle a de grands yeux, elle est belle !

On lui a mis une petite robe qui lui va bien.

Je l'ai prise, je l'ai enlevée dans mes bras, je l'ai assise sur mes genoux, je l'ai baisée sur ses cheveux.

Pourquoi pas avec sa mère ? – Sa mère est malade, sa grand'mère aussi. C'est bien.

Elle me regardait d'un air étonné ; caressée, embrassée, dévorée de baisers et se laissant faire ; mais jetant de temps en temps un coup d'œil inquiet sur sa bonne, qui pleurait dans le coin.

Enfin j'ai pu parler.

– Marie ! ai-je dit, ma petite Marie !

Je la serrais violemment contre ma poitrine enflée de sanglots. Elle a poussé un petit cri.

– Oh ! vous me faites du mal, monsieur, m'a-t-elle dit.

Monsieur ! il y a bientôt un an qu'elle ne m'a vu, la pauvre enfant. Elle m'a oublié, visage, parole, accent ; et puis, qui me reconnaîtrait avec cette barbe, ces habits et cette pâleur ? Quoi ! déjà effacé de cette mémoire, la seule où j'eusse voulu vivre ! Quoi ! déjà plus père ! être condamné à ne plus entendre ce mot, ce mot de la langue des enfants, si doux qu'il ne peut rester dans celle des hommes : *papa !*

Et pourtant l'entendre de cette bouche, encore une fois, une seule fois, voilà tout ce que j'eusse demandé pour les quarante ans de vie qu'on me prend.

– Écoute, Marie, lui ai-je dit en joignant ses deux petites mains dans les miennes, est-ce que tu ne me connais point ?

Elle m'a regardé avec ses beaux yeux, et a répondu :

– Ah bien non !

– Regarde bien, ai-je répété. Comment, tu ne sais pas qui je suis ?

– Si, a-t-elle dit. Un monsieur.

Hélas ! n'aimer ardemment qu'un seul être au monde, l'aimer avec tout son amour, et l'avoir devant soi, qui vous voit et vous regarde, vous parle et vous répond, et ne vous connaît pas ! Ne vouloir de consolation que de lui, et qu'il soit le seul qui ne sache pas qu'il vous en faut parce que vous allez mourir !

– Marie, ai-je repris, as-tu un papa ?

Le Dernier Jour d'un condamné

– Oui, monsieur, a dit l'enfant.

– Eh bien, où est-il ?

Elle a levé ses grands yeux étonnés.

– Ah ! vous ne savez donc pas ? il est mort.

Puis elle a crié ; j'avais failli la laisser tomber.

– Mort ! disais-je. Marie, sais-tu ce que c'est qu'être mort ?

– Oui, monsieur, a-t-elle répondu. Il est dans la terre et dans le ciel.

Elle a continué d'elle-même :

– Je prie le bon Dieu pour lui matin et soir sur les genoux de maman.

Je l'ai baisée au front.

– Marie, dis-moi ta prière.

– Je ne peux pas, monsieur. Une prière, cela ne se dit pas dans le jour. Venez ce soir dans ma maison ; je la dirai.

C'était assez de cela. Je l'ai interrompue.

– Marie, c'est moi qui suis ton papa.

– Ah ! m'a-t-elle dit.

J'ai ajouté : – Veux-tu que je sois ton papa ?

L'enfant s'est détournée.

– Non, mon papa était bien plus beau.

Je l'ai couverte de baisers et de larmes. Elle a cherché à se dégager de mes bras en criant :

– Vous me faites mal avec votre barbe.

Alors, je l'ai replacée sur mes genoux, en la couvant des yeux, et puis je l'ai questionnée.

– Marie, sais-tu lire ?

– Oui, a-t-elle répondu. Je sais bien lire. Maman me fait lire mes lettres.

– Voyons, lis un peu, lui ai-je dit en lui montrant un papier qu'elle tenait chiffonné dans une de ses petites mains.

Elle a hoché sa jolie tête.

– Ah bien ! je ne sais lire que des fables.

– Essaie toujours. Voyons, lis.

Elle a déployé le papier, et s'est mise à épeler avec son doigt :

– A. R. *ar.* R. E. T, *rêt.* ARRÊT[1]…

Je lui ai arraché cela des mains. C'est ma sentence de mort qu'elle me lisait. Sa bonne avait eu le papier pour un sou. Il me coûtait plus cher, à moi.

Il n'y a pas de paroles pour ce que j'éprouvais. Ma violence l'avait effrayée ; elle pleurait presque. Tout à coup elle m'a dit :

– Rendez-moi donc mon papier, tiens ! c'est pour jouer.

Je l'ai remise à sa bonne.

– Emportez-la.

Et je suis retombé sur ma chaise, sombre, désert, désespéré. À présent ils devraient venir ; je ne tiens plus à rien ; la dernière fibre de mon cœur est brisée. Je suis bon pour ce qu'ils vont faire.

Chapitre 44

Le prêtre est bon, le gendarme aussi. Je crois qu'ils ont versé une larme quand j'ai dit qu'on m'emportât mon enfant.

C'est fait. Maintenant il faut que je me roidisse en moi-même, et que je pense fermement au bourreau, à la charrette, aux gendarmes, à la foule sur le pont, à la foule sur le quai, à la foule aux fenêtres, et à ce qu'il y aura exprès pour moi sur cette lugubre place de Grève, qui pourrait être pavée des têtes qu'elle a vues tomber.

Je crois que j'ai encore une heure pour m'habituer à tout cela.

---

1. Arrêt : il s'agit de l'arrêt de mort circulant dans la foule et annonçant la nouvelle d'une exécution.

Le Dernier Jour d'un condamné

Chapitre 45

Tout ce peuple rira, battra des mains, applaudira. Et parmi tous ces hommes, libres et inconnus des geôliers, qui courent pleins de joie à une exécution, dans cette foule de tête qui couvrira la place, il y aura plus d'une tête prédestinée qui suivra la mienne tôt ou tard dans le panier rouge. Plus d'un qui y vient pour moi y viendra pour soi.

Pour ces êtres fatals, il y a sur un certain point de la place de Grève un lieu fatal, un centre d'attraction, un piège. Ils tournent autour jusqu'à ce qu'ils y soient.

Chapitre 46

Ma petite Marie ! – On l'a remmenée jouer ; elle regarde la foule par la portière du fiacre, et ne pense déjà plus à ce *monsieur*.

Peut-être aurais-je encore le temps d'écrire quelques pages pour elle, afin qu'elle les lise un jour, et qu'elle pleure dans quinze ans pour aujourd'hui.

Oui, il faut qu'elle sache par moi mon histoire, et pourquoi le nom que je lui laisse est sanglant.

Chapitre 47

MON HISTOIRE

Note de l'éditeur. – On n'a pu encore retrouver les feuillets qui se rattachaient à celui-ci. Peut-être, comme ceux qui suivent semblent l'indiquer, le condamné n'a-t-il pas eu le temps de les écrire. Il était tard quand cette pensée lui est venue.

Chapitre 48

D'une chambre de l'hôtel de ville.

De l'hôtel de ville !… – Ainsi j'y suis. Le trajet exécrable est fait. La place est là, et au-dessous de la fenêtre l'horrible peuple qui aboie, et m'attend, et rit.

J'ai eu beau me roidir, beau me crisper, le cœur m'a failli. Quand j'ai vu au-dessus des têtes ces deux bras rouges, avec leur triangle noir au bout, dressés entre les deux lanternes du quai, le cœur m'a failli. J'ai demandé à faire une dernière déclaration. On m'a déposé ici, et l'on est allé chercher quelque procureur du roi. Je l'attends, c'est toujours cela de gagné.

Voici :

Trois heures sonnaient, on est venu m'avertir qu'il était temps. J'ai tremblé, comme si j'eusse pensé à autre chose depuis six heures, depuis six semaines, depuis six mois. Cela m'a fait l'effet de quelque chose d'inattendu.

Ils m'ont fait traverser leurs corridors et descendre leurs escaliers. Ils m'ont poussé entre deux guichets du rez-de-chaussée, salle sombre, étroite, voûtée, à peine éclairée d'un jour de pluie et de brouillard. Une chaise était au milieu. Ils m'ont dit de m'asseoir ; je me suis assis.

Il y avait près de la porte et le long des murs quelques personnes debout, outre le prêtre et les gendarmes, et il y avait aussi trois hommes.

Le premier, le plus grand, le plus vieux, était gras et avait la face rouge. Il portait une redingote et un chapeau à trois cornes déformé. C'était lui.

C'était le bourreau, le valet de la guillotine. Les deux autres étaient ses valets, à lui.

À peine assis, les deux autres se sont approchés de moi, par-derrière, comme des chats ; puis tout à coup j'ai senti un froid d'acier dans mes cheveux, et les ciseaux ont grincé à mes oreilles.

Mes cheveux, coupés au hasard, tombaient par mèches sur mes épaules, et l'homme au chapeau à trois cornes les époussetait doucement avec sa grosse main.

35 Autour, on parlait à voix basse.

Il y avait un grand bruit au-dehors, comme un frémissement qui ondulait dans l'air. J'ai cru d'abord que c'était la rivière ; mais, à des rires qui éclataient, j'ai reconnu que c'était la foule.

Un jeune homme, près de la fenêtre, qui écrivait, avec un crayon, 40 sur un portefeuille, a demandé à un des guichetiers comment s'appelait ce qu'on faisait là.

– La toilette du condamné, a répondu l'autre.

J'ai compris que cela serait demain dans le journal.

Tout à coup l'un des valets m'a enlevé ma veste, et l'autre a pris 45 mes deux mains qui pendaient, les a ramenées derrière mon dos, et j'ai senti les nœuds d'une corde se rouler lentement autour de mes poignets rapprochés. En même temps, l'autre détachait ma cravate. Ma chemise de batiste[1], seul lambeau qui me restât du moi d'autrefois, l'a fait en quelque sorte hésiter un moment ; puis 50 il s'est mis à en couper le col.

À cette précaution horrible, au saisissement de l'acier qui touchait mon cou, mes coudes ont tressailli, et j'ai laissé échapper un rugissement étouffé. La main de l'exécuteur a tremblé.

– Monsieur, m'a-t-il dit, pardon ! Est-ce que je vous ai fait mal ?
55 Ces bourreaux sont des hommes très doux.

La foule hurlait plus haut au-dehors.

Le gros homme au visage bourgeonné m'a offert à respirer un mouchoir imbibé de vinaigre.

– Merci, lui ai-je dit de la voix la plus forte que j'ai pu, c'est 60 inutile ; je me trouve bien.

Alors l'un d'eux s'est baissé et m'a lié les deux pieds, au moyen d'une corde fine et lâche, qui ne me laissait à faire que de petits pas. Cette corde est venue se rattacher à celle de mes mains.

---

1. Chemise de batiste : toile fine et blanche en lin ou chanvre. Détail qui montre le raffinement et le rang social élevé du condamné.

Chapitre 48

Puis le gros homme a jeté la veste sur mon dos, et a noué les
65 manches ensemble sous mon menton. Ce qu'il y avait à faire là
était fait.

Alors le prêtre s'est approché avec son crucifix.

– Allons, mon fils, m'a-t-il dit.

Les valets m'ont pris sous les aisselles. Je me suis levé, j'ai mar-
70 ché. Mes pas étaient mous et fléchissaient comme si j'avais eu deux
genoux à chaque jambe.

En ce moment la porte extérieure s'est ouverte à deux battants.
Une clameur furieuse et l'air froid et la lumière blanche ont fait
irruption jusqu'à moi dans l'ombre. Du fond du sombre guichet,
75 j'ai vu brusquement tout à la fois, à travers la pluie, les mille têtes
hurlantes du peuple entassées pêle-mêle sur la rampe du grand
escalier du Palais ; à droite, de plain-pied avec le seuil, un rang
de chevaux de gendarmes, dont la porte basse ne me découvrait
que les pieds de devant et les poitrails ; en face, un détachement
80 de soldats en bataille ; à gauche, l'arrière d'une charrette, auquel
s'appuyait une roide échelle. Tableau hideux, bien encadré dans
une porte de prison.

C'est pour ce moment redouté que j'avais gardé mon courage.
J'ai fait trois pas, et j'ai paru sur le seuil du guichet.

85 – Le voilà ! le voilà ! a crié la foule. Il sort ! enfin !

Et les plus près de moi battaient des mains. Si fort qu'on aime
un roi, ce serait moins de fête.

C'était une charrette ordinaire, avec un cheval étique[1], et un
charretier en sarrau bleu à dessins rouges, comme ceux des maraî-
90 chers des environs de Bicêtre.

Le gros homme en chapeau à trois cornes est monté le premier.

– Bonjour, monsieur Samson ! criaient des enfants pendus à
des grilles.

95 Un valet l'a suivi.

---

1. Étique : maigre.

Le Dernier Jour d'un condamné

– Bravo, Mardi ! ont crié de nouveau les enfants.

Ils se sont assis tous deux sur la banquette de devant.

C'était mon tour. J'ai monté d'une allure assez ferme.

– Il va bien ! a dit une femme à côté des gendarmes.

Cet atroce éloge m'a donné du courage. Le prêtre est venu se placer auprès de moi. On m'avait assis sur la banquette de derrière, le dos tourné au cheval. J'ai frémi de cette dernière attention.

Ils mettent de l'humanité là-dedans.

J'ai voulu regarder autour de moi. Gendarmes devant, gendarmes derrière ; puis de la foule, de la foule, et de la foule ; une mer de têtes sur la place.

Un piquet de gendarmerie à cheval m'attendait à la porte de la grille du Palais.

L'officier a donné l'ordre. La charrette et son cortège se sont mis en mouvement, comme poussés en avant par un hurlement de la populace.

On a franchi la grille. Au moment où la charrette a tourné vers le Pont-au-Change, la place a éclaté en bruit, du pavé aux toits, et les ponts et les quais ont répondu à faire un tremblement de terre.

C'est là que le piquet qui attendait s'est rallié à l'escorte.

– Chapeaux bas ! chapeaux bas ! criaient mille bouches ensemble. – Comme pour le roi.

Alors j'ai ri horriblement aussi, moi, et j'ai dit au prêtre :

– Eux les chapeaux, moi la tête.

On allait au pas.

Le quai aux Fleurs embaumait ; c'est jour de marché. Les marchands ont quitté leurs bouquets pour moi.

Vis-à-vis, un peu avant la tour carrée qui fait le coin du Palais, il y a des cabarets, dont les entresols étaient pleins de spectateurs heureux de leurs belles places. Surtout des femmes. La journée doit être bonne pour les cabaretiers.

On louait des tables, des chaises, des échafaudages, des charrettes. Tout pliait de spectateurs. Des marchands de sang humain criaient à tue-tête :

Chapitre 48

130   – Qui veut des places?

Une rage m'a pris contre ce peuple. J'ai eu envie de leur crier:

– Qui veut la mienne?

Cependant la charrette avançait. À chaque pas qu'elle faisait, la
135 foule se démolissait derrière elle, et je la voyais de mes yeux égarés
qui s'allait reformer plus loin sur d'autres points de mon passage.

En entrant sur le Pont-au-Change, j'ai par hasard jeté les yeux
à ma droite en arrière. Mon regard s'est arrêté sur l'autre quai,
au-dessus des maisons, à une tour noire, isolée, hérissée de sculp-
140 tures, au sommet de laquelle je voyais deux monstres de pierre
assis de profil. Je ne sais pourquoi j'ai demandé au prêtre ce que
c'était que cette tour.

– Saint-Jacques-la-Boucherie[1], a répondu le bourreau.

J'ignore comment cela se faisait; dans la brume, et malgré la
145 pluie fine et blanche qui rayait l'air comme un réseau de fils d'araignée, rien de ce qui se passait autour de moi ne m'a échappé.
Chacun de ces détails m'apportait sa torture. Les mots manquent
aux émotions.

Vers le milieu de ce Pont-au-Change, si large et si encombré que
150 nous cheminions à grand-peine l'horreur m'a pris violemment. J'ai
craint de défaillir, dernière vanité! Alors je me suis étourdi moi-même
pour être aveugle et pour être sourd à tout, excepté au prêtre, dont
j'entendais à peine les paroles entrecoupées de rumeurs.

J'ai pris le crucifix et je l'ai baisé.

155   – Ayez pitié de moi, ai-je dit, ô mon Dieu! – Et j'ai tâché de
m'abîmer dans cette pensée.

Mais chaque cahot de la dure charrette me secouait. Puis tout
à coup je me suis senti un grand froid. La pluie avait traversé mes
vêtements, et mouillait la peau de ma tête à travers mes cheveux
160 coupés et courts.

---

1. Saint-Jacques-la-Boucherie : l'église Saint-Jacques-la-Boucherie fut détruite
en 1802, lors de la construction de la place du Châtelet. Près d'elle se trouvait l'une
des plus célèbres et des plus anciennes boucheries de la ville.

Le Dernier Jour d'un condamné

– Vous tremblez de froid, mon fils ? m'a demandé le prêtre.

– Oui, ai-je répondu.

Hélas ! pas seulement de froid.

Au détour du pont, des femmes m'ont plaint d'être si jeune.

Nous avons pris le fatal quai. Je commençais à ne plus voir, à ne plus entendre. Toutes ces voix, toutes ces têtes aux fenêtres, aux portes, aux grilles des boutiques, aux branches des lanternes : ces spectateurs avides et cruels ; cette foule où tous me connaissent et où je ne connais personne ; cette route pavée et murée de visages humains… J'étais ivre, stupide, insensé. C'est une chose insupportable que le poids de tant de regards appuyés sur vous.

Je vacillais donc sur le banc, ne prêtant même plus d'attention au prêtre et au crucifix.

Dans le tumulte qui m'enveloppait, je ne distinguais plus les cris de pitié des cris de joie, les rires des plaintes, les voix du bruit ; tout cela était une rumeur qui résonnait dans ma tête comme dans un écho de cuivre.

Mes yeux lisaient machinalement les enseignes des boutiques.

Une fois, l'étrange curiosité me prit de tourner la tête et de regarder vers quoi j'avançais. C'était une dernière bravade de l'intelligence. Mais le corps ne voulut pas ; ma nuque resta paralysée et d'avance comme morte.

J'entrevis seulement de côté, à ma gauche, au-delà de la rivière, la tour de Notre-Dame, qui, vue de là, cache l'autre. C'est celle où est le drapeau. Il y avait beaucoup de monde, et qui devait bien voir.

Et la charrette allait, allait, et les boutiques passaient, et les enseignes se succédaient, écrites, peintes, dorées, et la populace riait et trépignait dans la boue, et je me laissais aller, comme à leurs rêves ceux qui sont endormis.

Tout à coup la série des boutiques qui occupait mes yeux s'est coupée à l'angle de la place ; la voix de la foule est devenue plus vaste, plus glapissante, plus joyeuse encore ; la charrette s'est arrêtée subitement, et j'ai failli tomber la face sur les planches. Le prêtre m'a soutenu. – Courage ! a-t-il murmuré. – Alors on a apporté une échelle à l'arrière de la charrette ; il m'a donné le bras, je suis descendu, puis j'ai fait un pas, puis je me suis retourné pour en faire un autre, et je n'ai pu. Entre les deux lanternes du quai, j'avais vu une chose sinistre.

Oh ! c'était la réalité !

Je me suis arrêté, comme chancelant déjà du coup.

– J'ai une dernière déclaration à faire ! ai-je crié faiblement.

On m'a monté ici.

J'ai demandé qu'on me laissât écrire mes dernières volontés. Ils m'ont délié les mains, mais la corde est ici, toute prête, et le reste est en bas.

Chapitre 49

Un juge, un commissaire, un magistrat, je ne sais de quelle espèce, vient de venir. Je lui ai demandé ma grâce en joignant les deux mains et en me traînant sur les deux genoux. Il m'a répondu, en souriant fatalement, si c'est là tout ce que j'avais à lui dire.

– Ma grâce ! ma grâce ! ai-je répété, ou, par pitié, cinq minutes encore !

Qui sait ? elle viendra peut-être ! Cela est si horrible, à mon âge, de mourir ainsi ! Des grâces qui arrivent au dernier moment, on l'a vu souvent. Et à qui fera-t-on grâce, monsieur, si ce n'est à moi ?

Cet exécrable bourreau ! il s'est approché du juge pour lui dire que l'exécution devait être faite à une certaine heure, que cette heure approchait, qu'il était responsable, que d'ailleurs il pleut, et que cela risque de se rouiller.

– Eh, par pitié ! une minute pour attendre ma grâce ! ou je me défends ! je mords !

Le juge et le bourreau sont sortis. Je suis seul. – Seul avec deux gendarmes.

Le Dernier Jour d'un condamné

Oh! l'horrible peuple avec ses cris d'hyène! – Qui sait si je ne lui échapperai pas? si je ne serai pas sauvé? si ma grâce?... Il est impossible qu'on ne me fasse pas grâce!

Ah! les misérables! il me semble qu'on monte l'escalier...

QUATRE HEURES

Arrêt
sur lecture 4

Pour comprendre l'essentiel

Le récit pathétique des derniers instants

1 Dans ces derniers chapitres, la tension devient de plus en plus insoutenable. Relevez, au fil de votre lecture, les indicateurs temporels exprimant l'urgence et le manque de temps et dites pourquoi ils renforcent efficacement la tension dramatique.

2 Alors que l'instant fatidique approche, le condamné se réfugie dans l'évocation de certains moments de sa vie passée. Expliquez pourquoi ces souvenirs renforcent le caractère tragique du moment présent.

3 La voix du condamné se fait de plus en plus désespérée. Montrez comment la visite de sa petite fille, au chapitre 43, accentue la tonalité pathétique du texte.

Une évocation effrayante de la mort

4 Dans ses derniers instants, le condamné semble déjà appartenir au monde des morts et des ombres. Identifiez et analysez deux passages du texte qui rapprochent le récit du genre fantastique.

5 L'apparition de la guillotine est sans cesse retardée et l'objet lui-même est rarement nommé. Relevez les différentes périphrases qui désignent l'instrument en montrant comment elles accentuent son caractère terrifiant.

Le Dernier Jour d'un condamné

❻ Dans une sorte de cauchemar éveillé, le narrateur vit ses derniers instants en anticipant le moment où le couperet tombera. Repérez les passages du texte qui évoquent implicitement ce moment fatal.

Une charge révoltée et polémique

❼ Victor Hugo dénonce l'indifférence de la société face à l'exécution d'un homme. Montrez-le en vous appuyant sur le chapitre 30 et expliquez pourquoi l'auteur a choisi de s'attarder sur la figure d'un homme d'Église.

❽ L'auteur fait la satire du peuple qui assiste aux exécutions par goût du sang. Relevez les images utilisées par Victor Hugo pour faire de la foule un « tableau hideux » (chapitre 48).

❾ Dans les dernières pages du récit, le condamné exprime sa terreur et son manque de courage face à la mort. Dites comment vous comprenez le choix de Victor Hugo de ne pas faire de son personnage un héros et montrez en quoi cela renforce la dimension polémique du texte.

Rappelez-vous !

• À l'approche de l'instant fatal, les visions de la guillotine se multiplient et plongent à plusieurs reprises le narrateur dans une **rêverie cauchemardesque prémonitoire**. Au seuil de la mort, le narrateur est assailli par des visions où rêve et réalité se confondent : la guillotine devient une **apparition terrifiante**, la foule qui se réunit pour assister à l'exécution est une figure monstrueuse.

• Victor Hugo a fait du condamné une sorte d'**antihéros** qui ne cache pas sa terreur face à la mort. Son histoire personnelle est volontairement passée sous silence car il s'agit de **toucher à l'universel** plutôt que d'exposer une histoire singulière. Le lecteur doit pouvoir se reconnaître dans cet **homme ordinaire** et être **horrifié** par son sort funeste.

Arrêt sur lecture 4

Vers l'oral du Bac

Analyse des lignes 2 à 31 du chapitre 26, p. 120-121

☛ Étudier en quoi le pathétique sert l'argumentation de Victor Hugo

Conseils pour la lecture à voix haute

– Le condamné est en proie au désespoir et à la souffrance. Vous devez, par une lecture expressive, rendre compte de la dimension pathétique du texte.

– Le texte oppose brutalement un bonheur passé et un présent intolérable : veillez à mettre en valeur cette opposition.

Analyse du texte

▨ *Introduction rédigée*

Dans les derniers chapitres, le narrateur voit le moment fatal approcher : sa peur et son désespoir s'accroissent. À plusieurs reprises, il se réfugie dans ses souvenirs, comme s'il voulait arrêter le temps. Dans ce passage du chapitre 26, le condamné s'adresse de façon imaginaire à sa petite fille, Marie, dans un discours poignant et pathétique qui permet à Victor Hugo d'illustrer son argumentation de façon émouvante et efficace. Nous verrons ce qui pousse le narrateur, à l'approche du moment fatidique, à s'adresser à sa fille. Nous étudierons ensuite la façon dont Victor Hugo, derrière les accents pathétiques du narrateur, prend ici la parole et continue son plaidoyer contre la peine de mort avec virulence.

155

Le Dernier Jour d'un condamné

◼ *Analyse guidée*

I. Une mort imminente

a. Ce passage alterne entre évocation du passé et vision lugubre de l'avenir. Étudiez la construction du texte et le temps des verbes et dites comment ils renforcent le caractère tragique du texte.

b. L'exécution du condamné doit avoir lieu dans six heures. Dites pourquoi la vision des lignes 2 à 6 contribue à ce sentiment d'imminence.

c. « Qui est-ce qui te fera tout cela maintenant ? ». L'extrait comprend peu de verbes au présent : expliquez la raison de cette rareté.

II. L'adresse tragique et imaginaire à sa fille

a. L'exécution du condamné s'apparente à une véritable malédiction pour sa fille. Dites quelles seront les conséquences possibles de cette condamnation sur sa vie. Interprétez le changement de pronom personnel (passage du « tu » au « elle »).

b. Le narrateur, en parlant à sa fille, est bouleversé. Dites comment la ponctuation et les types de phrases employés expriment son désarroi.

c. La voix du condamné a des accents pathétiques. En vous appuyant sur les parallélismes de construction, montrez que le pathos de la situation réside dans le contraste insupportable entre la tendresse passée et ce que réserve l'avenir.

III. Par-delà la voix du condamné, celle de Victor Hugo

a. En présentant son personnage comme un père de famille, Victor Hugo fait de son condamné à mort un homme ordinaire. Expliquez en quoi cela participe de la stratégie argumentative de l'écrivain.

b. Dans ce passage, le narrateur évoque ceux qui vont le tuer. Étudiez la façon dont il les désigne en vous appuyant sur l'étude des pronoms personnels et explicitez la dénonciation que l'on peut lire derrière ces formules.

c. « ... quel crime j'ai commis, et quel crime je fais commettre à la société ! ». Montrez que le mot « crime » est ici utilisé en deux sens différents, servant la thèse de Victor Hugo. Reformulez cette thèse en une phrase.

Arrêt sur lecture 4

■ *Conclusion rédigée*

Banni du monde des vivants, le condamné veut retrouver un simulacre
de chaleur humaine en se plongeant dans ses souvenirs et en évoquant
sa fille tendrement aimée. Victor Hugo montre ainsi que la société
n'exécute pas seulement un criminel : elle fait aussi d'une enfant innocente
une orpheline, traînée dans la boue à cause de l'histoire de son père.
Quelques pages plus loin, le condamné rencontre une dernière fois sa fille
dans une scène cruelle : Marie ne reconnaît pas son père, qui n'est plus
pour elle qu'un inconnu étranger et inquiétant. L'homme est déjà mort
aux yeux de ceux qu'il aime.

Les trois questions de l'examinateur

Question 1. Le condamné revoit finalement sa petite fille peu avant
son exécution. Rappelez la façon dont se passe cette entrevue.

Question 2. Dans le roman, quel est le portrait que fait Victor Hugo de
la foule s'agglutinant sur la place de Grève pour assister à l'exécution ?

Question 3. Citez un extrait de la préface de 1832 qui développe la thèse
selon laquelle la peine de mort est un crime commis par la société elle-
même.

Le tour de l'œuvre en 8 fiches

Sommaire

Fiche 1	Victor Hugo en 20 dates	160
Fiche 2	L'œuvre dans son contexte	161
Fiche 3	La structure de l'œuvre	162
Fiche 4	Les grands thèmes de l'œuvre	166
Fiche 5	Stratégies argumentatives	168
Fiche 6	Un récit aux registres variés	170
Fiche 7	Le romantisme	172
Fiche 8	Citations	174

Le Dernier Jour d'un condamné

Fiche 1

Victor Hugo en 20 dates

1802	Naissance de Victor Hugo à Besançon.
1812	La mère de Hugo s'installe avec ses fils à Paris, impasse des Feuillantines.
1816	Sur un cahier, le jeune Hugo écrit : « Je veux être Chateaubriand ou rien ».
1820	Hugo assiste à l'exécution de Louvel, assassin du duc de Berry.
1822	*Odes et poésies diverses*. Mariage avec Adèle Foucher.
1824	Naissance de sa fille Léopoldine.
1826	Naissance de son fils Charles.
1827	Hugo bafoue les règles du classicisme dans la préface de sa pièce *Cromwell*. Il assiste à un essai de la guillotine et découvre la prison de Bicêtre.
1828	Mort du père de Hugo. Naissance de son fils, François-Victor. Il assiste au ferrement des soldats à Bicêtre.
1829	**Publication anonyme du *Dernier Jour d'un condamné*.**
1830	Première d'*Hernani*. La représentation de ce drame romantique choque les défenseurs des règles classiques.
1831	*Notre-Dame de Paris*. L'écrivain met en scène les laissés-pour-compte et les classes populaires.
1841	Élection à l'Académie française.
1843	Mort de sa fille Léopoldine.
1851	Après le coup d'État du 2 décembre, Louis-Napoléon Bonaparte devient l'empereur Napoléon III. Victor Hugo choisit l'exil hors de France, d'abord à Jersey puis à Guernesey. L'exil durera 19 ans.
1853	*Les Châtiments*, écrits pendant l'exil, charge contre le Second Empire et la politique de Napoléon III.
1856	*Les Contemplations*.
1862	*Les Misérables*.
1870	Retour triomphal de Hugo après la chute du Second Empire. Il est élu député.
1885	Mort de Hugo. Son cortège est suivi par des centaines de milliers de personnes jusqu'au Panthéon.

Fiche 2

L'œuvre dans son contexte

Un siècle instable politiquement

Après le choc de la Révolution française de 1789, la France connaît une **grande instabilité politique**. Plusieurs régimes politiques se succèdent: l'Empire de Napoléon (1804-1814), la Restauration avec Louis XVIII et Charles X (1814-1830), puis la Monarchie de Juillet avec Louis-Philippe (1830-1848), instaurée après la **révolution des «Trois Glorieuses»**, en juillet 1830.

Cette révolution de 1830, contemporaine de la parution du *Dernier Jour d'un condamné*, est issue d'un **mouvement de protestation** qui s'est développé en réaction au vote des ordonnances de Saint-Cloud, qui restreignaient les libertés démocratiques et suspendaient la liberté de la presse. Les premières barricades sont dressées par des étudiants et par des ouvriers. Après trois jours d'insurrection, devant l'avancée des émeutiers, le gouvernement de Charles X tombe. Un nouveau régime est proclamé, la **Monarchie de Juillet**, dirigé par Louis-Philippe. Pour écarter toute menace républicaine, il se fait appeler «roi des français». Victor Hugo, d'abord proche de la monarchie, est vite **déçu par l'affairisme et la corruption** de ce régime.

L'émergence des questions sociales

La société du XIXe siècle connaît de profonds bouleversements. La **révolution industrielle** provoque un exode rural massif et entraîne l'émergence d'une nouvelle classe sociale: le **prolétariat**. Les conditions de travail sont dures et les inégalités sociales se creusent. Les révoltes populaires se multiplient, aboutissant à l'**autre grande révolution du siècle: en 1848**, le peuple parisien se soulève et prend possession de la capitale. Louis-Philippe est contraint d'abdiquer pour laisser place à la **Deuxième République**.

En France, certains écrivains prennent la stature d'hommes politiques et questionnent cette nouvelle société: Lamartine, député en 1848, fait voter l'abolition de la peine de mort en matière politique. Le genre romanesque devient le terreau littéraire de ces **désirs de conquêtes sociales**: Victor Hugo s'engage contre la peine de mort et met en scène les classes sociales opprimées dans *Les Misérables* (1862). Plus tard, Émile Zola expérimente dans ses romans l'idée scientifique visant à montrer l'influence du milieu sur le développement d'un individu: c'est le **naturalisme**. Au XIXe siècle, la question du progrès (moral, social ou technique) apparaît comme une véritable idéologie.

Le Dernier Jour d'un condamné

Fiche 3

La structure de l'œuvre

Bicêtre (chap. 1-21)

Moment de l'écriture	Chronologie des événements racontés	Résumé des événements racontés
Chap. 1-17: dernière nuit avant jour J (condamné depuis plus de 5 semaines)	**1**: récit = moment de l'écriture. Nuit précédent jour J. « Voilà cinq semaines que… »	**1**: confirmation horrifiée de la condamnation à mort.
	2: analepse = retour 6 semaines avant jour J.	**2**: récit du procès et verdict. Incrédulité du narrateur.
	3: récit = moment de l'écriture.	**3**: déploration du condamné face à son sort.
	4-5: analepse = 6 semaines avant jour J.	**4-5**: entrée du prisonnier à Bicêtre. Récit des semaines passées dans la prison.
	6-12: récit = moment de l'écriture. « Or, voilà cinq semaines au moins, six peut-être, je n'ose compter, que je suis dans ce cabanon de Bicêtre » (ch. 8).	**6-12**: le condamné justifie le fait d'écrire (exemple pour les générations futures). Il déclare avoir fait son testament: le lecteur apprend ainsi qu'il a une femme et une petite fille, Marie. Description de son cachot.
	13-14: analepse = retour sur les 6 semaines passées à Bicêtre.	**13-14**: récit du ferrement des soldats en partance pour le bagne de Toulon. Le condamné s'évanouit et finit à l'infirmerie.
	15: récit = moment de l'écriture.	**15**: désespoir du narrateur.
	16: analepse = les 6 semaines passées à Bicêtre.	**16**: lors de son séjour à l'infirmerie, il entend une jeune fille chanter en argot l'histoire d'un meurtre.
	17: récit = moment de l'écriture.	**17**: retour au moment présent. Rêverie folle d'évasion.

Le tour de l'œuvre en 8 fiches

Moment de l'écriture	Chronologie des événements racontés	Résumé des événements racontés
18-20 : matin du jour J, 6 h	**18-20** : récit = moment de l'écriture. «Pendant que j'écrivais tout ceci, la lampe a pâli, l'horloge de la chapelle a sonné six heures» (ch. 18). «C'est pour aujourd'hui!» (ch. 19).	**18-20** : confirmation qu'il s'agit bien du jour de l'exécution.
21 : entre 6 h 30 et 7 h 30	**21** : analepse : récit de ce qui s'est passé à 6 h 30. «Voici ce qui vient de se passer.»	**21** : venue du prêtre qui accompagne le condamné dans ses derniers instants. Entrée d'un huissier annonçant le rejet du pourvoi en cassation: l'arrêt sera donc exécuté le jour même en place de Grève.

Depuis la Conciergerie (chap. 22-47)

Moment de l'écriture	Chronologie des événements racontés	Résumé des événements racontés
22-25 : entre 7 h 30 et 10 h du matin	**22-25** : analepse = récit des événements qui se sont produits à partir de 7 h 30. «Sept heures et demie sonnaient lorsque l'huissier s'est présenté...» (ch. 22).	**22** : récit du transfert entre Bicêtre et une cellule de la Conciergerie. **23** : rencontre avec le «friauche» qui fait son récit au narrateur. **24** : le narrateur a donné son manteau au friauche. **25** : le condamné est amené dans sa «chambre».
26-27 : entre 10 h du matin et 13 h 15	**26** : prolepse puis retour au moment présent. «Il est dix heures. Ô ma petite fille: encore six heures...»	**26** : dans une anticipation, le condamné s'adresse à sa fille et imagine quelle sera sa vie après son exécution.
	27 : récit = moment de l'écriture.	**27** : le narrateur pense à la guillotine sans pouvoir la nommer.

Le Dernier Jour d'un condamné

Moment de l'écriture	Chronologie des événements racontés	Résumé des événements racontés
28-37 : entre 10 h du matin et 13 h 15	**28 :** analepse = évocation du passé.	**28 :** le narrateur se rappelle qu'il a déjà vu dans le passé la place de Grève et l'échafaudage de la guillotine.
	29 : récit = moment de l'écriture.	**29 :** le condamné rêve à sa grâce et imagine que sa condamnation est commuée en peine de travaux forcés.
	30 : analepse = le matin de l'exécution.	**30 :** le prêtre vient voir le narrateur une nouvelle fois.
	31-32 : courte analepse = peu avant moment de l'écriture. « Il vient d'entrer un monsieur ».	**31-32 :** on vient prendre ses mesures pour la guillotine.
	33 : analepse = le narrateur évoque sa jeunesse.	**33 :** le condamné se souvient de son enfance et d'un amour de jeunesse, Pepa.
	34-35 : retour au moment de l'écriture.	**34-35 :** le condamné essaie vainement d'analyser ce qui l'a conduit là où il est. Il imagine ce que peuvent faire les gens libres, à l'extérieur.
	36 : analepse.	**36 :** le condamné évoque un souvenir d'enfance, lorsqu'il entendait le bourdon de Notre-Dame.
	37 : retour au moment de l'écriture.	**37 :** le narrateur décrit la façade lugubre de l'Hôtel de ville.
38-47 : entre 13 h 15 et 16 h	**38-41 :** moment de l'écriture.	**38-41 :** le condamné décrit son angoisse. Il pense au roi, seul capable de le gracier. Dans une rêverie hallucinée, il imagine que les morts reviennent hanter la place de Grève la nuit. Le prêtre entre.

Le tour de l'œuvre en 8 fiches

Moment de l'écriture	Chronologie des événements racontés	Résumé des événements racontés
38-47: entre 13h15 et 16h	**42**: analepse = récit du dernier rêve.	**42**: une fois le prêtre sorti, le narrateur s'endort: il raconte ensuite son cauchemar.
	43-44: analepse = récit des événements qui se sont déroulés peu avant 16h.	**43-44**: le narrateur raconte la dernière entrevue avec sa petite fille, qui ne l'a pas reconnu.
	45: prolepse.	**45**: le condamné anticipe et imagine les réactions de la foule venue assister à l'exécution.
	46-47: moment de l'écriture.	**46-47**: le récit est tronqué, comme l'indique une note fictive de l'éditeur.

Depuis une chambre de l'Hôtel de ville (chap. 48-49)

Moment de l'écriture	Chronologie des événements racontés	Résumé des événements racontés
48: peu avant 16h	**48**: moment présent puis analepse = récit des événements qui se sont déroulés entre 13h15 et 16h.	**48**: de sa chambre de l'Hôtel de ville, le condamné raconte le dernier trajet entre la Conciergerie et l'Hôtel de ville (la foule avide de sang, le bourreau).
49: 16h. Heure H	**49**: temps du récit = moment de l'écriture.	**49**: le narrateur rapporte son dernier souvenir. Désespéré, il a demandé sa grâce à un magistrat qui s'est présenté à lui. Le récit s'interrompt brutalement.

Le Dernier Jour d'un condamné

Fiche 4

Les grands thèmes de l'œuvre

L'enfermement et la déshumanisation

Les différentes cellules dans lesquelles le condamné est reclus donnent lieu à des descriptions dont la fonction est plus **symbolique qu'informative.** Ces terribles évocations sont représentatives à la fois de l'enfermement du condamné mais aussi de la **dégradation progressive de son état mental.** L'assimilation entre l'emprisonnement physique et psychologique se fait dès l'incipit: «Maintenant je suis captif. Mon corps est aux fers dans un cachot, mon esprit est en prison dans une idée» (ch. 1).

Les nombreux passages descriptifs du roman renforcent cette idée de **claustration**: la cellule est réduite à «quatre murailles de pierre nue et froide», devenant plus loin une sinistre «boîte de pierre», comme un premier cercueil. Le narrateur, confronté à l'indifférence d'autrui lorsqu'on prend ses mesures, finit d'ailleurs par se décrire «comme une des pierres» de sa cellule.

La cellule est aussi ce qui isole et retranche définitivement de l'extérieur, comme en témoignent les **nombreuses antithèses** du texte opposant la lumière et les ténèbres: les «massifs barreaux de fer» ne laissent entrevoir qu'une lumière «blanchâtre»; les lieux sont souvent décrits comme «lugubres», les murs semblent avoir «une lèpre». Il

y a une **adéquation totale entre les lieux et l'état d'âme du narrateur.** L'intérieur de la prison est un **espace labyrinthique,** se réduisant à «des portes basses, des escaliers secrets, des couloirs intérieurs, de longs corridors étouffés» (ch. 23). La charrette elle-même, chargée du transfert des condamnés, n'est qu'une «tombe à deux roues».

Enfin, la privation de liberté transforme le narrateur en une «chose» dont le sort est celui d'une «machine». Dans une inversion terrible, la **prison devient un être animé**, maître absolu de la vie du narrateur: elle est «une espèce d'être horrible, complet, indivisible, moitié maison, moitié homme. Je suis sa proie; elle me couve, elle m'enlace de tous ses replis. Elle m'enferme dans ses murailles de granit, me cadenasse sous ses serrures de fer, et me surveille avec ses yeux de geôlier» (ch. 20). On remarque, outre la personnification terrifiante, que le **«je» est toujours en position d'objet**, soumis à une volonté autre. Il le dit ailleurs: «le cachot me reprit», tel un monstre goulu.

La vision hallucinante et terrifiée de la mort

La mort, ou plutôt l'idée de la mort à venir, est omniprésente dans le roman: le «spectre de plomb» ne quitte pas le narrateur, comme un monstre tapi dans l'ombre, à l'image de l'araignée avec son «ventre

166

froid» et ses «pattes velues» qui vient rendre une visite lugubre au condamné dans ses derniers instants. La **personnification de la mort** est une figure de style employée à plusieurs reprises par Victor Hugo pour rendre compte de l'effroi inspiré par l'exécution à venir.

Le condamné est d'ailleurs hanté par une «image épouvantable», celle de la guillotine, qui obsède le narrateur et qui est sans cesse présente dans ses rêveries épouvantées: son attente de la sentence n'en est que plus effroyable.

L'auteur a recours au **registre fantastique** pour montrer un homme proche de la démence, qui ne parvient plus à faire la part entre «rêve, vision ou réalité». C'est ainsi qu'il imagine un **rendez-vous des morts en place de Grève**, face à une «guillotine de l'enfer, où un démon exécutera un bourreau» (ch. 41). Cette sentence infernale, exécutée à «quatre heures du matin», est le pendant onirique de la réalité qu'il va connaître, et à laquelle il ne peut penser sans effroi.

La peine de mort: symbole d'une société malade

Victor Hugo l'a affirmé à plusieurs reprises: la peine de mort n'est pas une solution. Elle n'est que le **symptôme le plus terrible d'une société misérable qui rend les hommes criminels.** Le récit du friauche est édifiant sur ce point: c'est la misère qui l'a conduit à l'échafaud, et non le crime. «À six ans, je n'avais plus ni père ni mère; l'été, je faisais la roue dans la poussière au bord des routes, pour qu'on me jetât un sou par la portière des chaises de poste; l'hiver, j'allais pieds nus dans la boue en soufflant dans mes doigts tout rouges; on voyait mes cuisses à travers mon pantalon» (ch. 23).

Le crime est plutôt le fait de ceux qui condamnent: «Misérable! quel crime j'ai commis et quel crime je fais commettre à la société!» s'exclame le narrateur. Cette société inhumaine ne prête pas attention aux conséquences de la peine de mort, notamment pour les familles: «on les déshonore, on les ruine. C'est la justice», déclare avec une noire ironie le condamné.

La foule accourant en masse aux exécutions compose d'ailleurs un «tableau hideux» vivement ridiculisé et critiqué par Victor Hugo. Cette assistance est décrite comme **vorace, vampirique, «buveuse de sang»**, confondant la mort avec un spectacle réjouissant. Victor Hugo **file la métaphore du spectacle** tout au long du texte, en accusant violemment les représentants de la justice: ce sont eux les immoraux, les barbares et les assassins, qui punissent le crime par le crime. Ils sont les metteurs en scène d'un ignoble spectacle, qui se révèle être une véritable tragédie pour des hommes victimes de la misère et pour leur famille.

Fiche 5

Stratégies argumentatives

L'efficacité du *Dernier Jour d'un condamné* provient à la fois de la **rigueur démonstrative** et d'une **argumentation dramatisée**, intégrée à une fiction romanesque. Victor Hugo, en effet, manie avec virtuosité les différents outils de la rhétorique ainsi que les procédés narratifs: il compose un **réquisitoire terrible et percutant** contre la peine de mort tout en offrant au lecteur un **roman intense et poignant**.

Une argumentation directe

La préface de 1832 est un bon exemple d'**argumentation directe**: Victor Hugo y met en avant ses opinions en s'opposant de façon claire à ses détracteurs et aux partisans de la peine de mort: il s'agit de **convaincre le lecteur de rallier sa cause**. L'auteur voulait que l'on lise ce texte comme un préliminaire à l'illustration «fictionnelle» de la thèse constituée par le roman lui-même. Il met en œuvre, dans cette préface, une argumentation directe, puisqu'il expose sa thèse clairement dès le début: il affirme que son texte n'est «qu'un plaidoyer, direct ou indirect, comme on voudra, pour l'abolition de la peine de mort».

Victor Hugo, homme politique rompu aux discours, y déploie une véritable **rhétorique judiciaire**, et reste en cela fidèle aux grands orateurs de l'Antiquité. Son discours adopte les différentes parties traditionnelles du genre: il débute par un **exorde**, dont le rôle est de capter l'attention de l'auditoire, et qui correspond aux premières lignes du texte. Il se poursuit par la **narration**, qui est un exposé clair des faits. Comme un avocat face à la cour, Victor Hugo y met en cause le camp adverse: il fait le récit de trois exécutions révoltantes et cruelles. Puis vient l'**argumentation**, qui développe la thèse de l'auteur et réfute celle des partisans de la peine de mort en s'appuyant sur divers arguments. Enfin, la **péroraison** clôt le discours. Elle conclut l'argumentation et établit un bilan.

Une argumentation indirecte

La préface de 1832 propose une argumentation efficace contre la peine de mort. Cependant, Victor Hugo a choisi de **redoubler son propos** par une autre préface, «Une comédie à propos d'une tragédie», et par le roman lui-même. L'argumentation est ici **indirecte**. En effet, la thèse n'est plus explicite, car l'auteur utilise les moyens détournés de l'**ironie** et de la **fiction** pour l'exprimer: au lecteur de bien la comprendre.

Dans la préface «Une comédie à propos d'une tragédie», Victor Hugo fait la satire d'une frange de la haute société qui est scandalisée par l'horreur d'une œuvre («c'est un livre abominable, un livre qui donne le cauchemar, un livre qui rend malade») mais qui accepte pourtant l'horreur de la peine de mort. La **préface est à la fois audacieuse et astucieuse**: sous couvert de critiquer les défauts du texte, il s'agit bien d'une défense de l'œuvre. «Ce roman, il vous fait dresser les cheveux sur la tête, il vous fait venir la chair de poule, il vous donne de mauvais rêves», déclare le gros monsieur. N'est-ce pas là en effet une définition juste et saisissante du *Dernier Jour d'un condamné*?

Le roman lui-même utilise l'**argumentation indirecte**. Le détour par la fiction permet d'illustrer une vérité terrible: un homme est condamné à mort, privé de son libre arbitre par une société barbare et indifférente à l'atrocité. Victor Hugo réussit un tour de force: le lecteur est pris dans un **récit dramatique et émouvant**, alors même que le personnage reste anonyme et que l'on ne sait rien de son histoire. L'identification permise par la fiction n'en est que plus facile. De même, la brièveté relative du texte renforce la **densité du propos**, qui s'organise autour de thèmes récurrents: la cellule comme tombeau, l'indifférence de la foule avide de sang, un crime qui fait loi.

Varier les stratégies argumentatives

L'efficacité de l'argumentation tient au mélange de différentes stratégies adoptées par Victor Hugo. Dans la préface de 1832, l'auteur vise à **convaincre** son lecteur: il s'agit d'utiliser la logique pour prouver l'absurdité des arguments des partisans de la peine de mort. Victor Hugo démontre notamment, en utilisant le **raisonnement par l'absurde**, que la théorie de «l'exemplarité» du châtiment ne peut en aucun cas justifier la peine de mort: exécuter un homme, même coupable d'un crime, ne permet pas d'empêcher d'autres crimes. Le spectacle de la guillotine et de la violence produit l'inverse de l'effet escompté: **il renforce la cruauté et la sauvagerie menant à la criminalité**. De façon ironique, Victor Hugo indique qu'une société utilisant cet argument est une société barbare et archaïque.

Puis, l'argumentation gagne en intensité grâce au ton indigné et révolté de l'auteur: la conviction est d'autant plus efficace qu'elle est redoublée par un discours qui s'appuie sur la **persuasion**. En témoignent les nombreuses exclamations, les questions rhétoriques ainsi que l'emploi d'un vocabulaire véhément.

Le récit du *Dernier Jour d'un condamné*, qui illustre par la fiction la thèse de la préface de 1832, repose lui aussi sur une **stratégie d'argumentation persuasive**. Dans ce roman, le lecteur peut s'identifier au condamné. L'**empathie** qu'il ressent ne rend plus nécessaire une démonstration explicite. Comme dans une tragédie, il s'agit de **susciter à la fois horreur et pitié** face à cette évocation des derniers instants d'un homme. C'est ainsi que l'on peut expliquer l'anonymat du condamné, dont l'histoire n'est jamais précisée: en omettant de dire ce qui pourrait rebuter le lecteur (à savoir l'histoire d'un meurtre), Victor Hugo tend à faire le portrait d'un homme ordinaire voué à incarner la figure universelle d'un individu opprimé par une société criminelle.

Le Dernier Jour d'un condamné

Fiche 6

Un récit aux registres variés

Un récit à la première personne

Le Dernier Jour d'un condamné est un récit à la première personne. Ce choix narratif rapproche le récit du **journal intime** et implique une énonciation particulière. Dès l'incipit, en effet, le temps employé n'est pas celui habituellement utilisé dans un récit, le passé simple, mais **le présent et le passé composé**, temps du discours: «Maintenant je suis captif». Il en résulte l'impression saisissante d'une **simultanéité entre le moment du récit et le moment de l'écriture**. La technique est efficace: elle renforce l'urgence de la situation et l'angoisse.

Le point de vue du condamné: une intériorité tourmentée

Victor Hugo offre au lecteur une plongée saisissante dans l'**intériorité tourmentée** d'un condamné à mort. Si la narration à la première personne n'est pas une nouveauté, la forme est cependant novatrice car l'écrivain a veillé à ne jamais sortir du **point de vue interne**: le lecteur accompagne le condamné à mort jusqu'au bout. Refusant le point de vue surplombant d'un narrateur omniscient qui dévoilerait tout du personnage, l'écrivain fait un **portrait incomplet du personnage**. Au chapitre 9, le condamné déclare: «je viens de faire mon testament». Mais le lecteur ne le lira pas et n'apprendra jamais quelles sont les

raisons qui ont amené le narrateur dans cette situation. Il ne connaîtra pas l'histoire du condamné. Là n'est pas l'essentiel pour Victor Hugo.

Pour l'écrivain, il s'agit surtout de rendre compte de l'état d'esprit d'un homme conscient qu'il va mourir et de se demander quelles sont les peurs qui peuvent l'habiter dans de telles circonstances. Ainsi, le texte donne à lire les **pensées fantasmées** du condamné; le vocabulaire affectif permet de donner un aperçu de son intériorité. De même, les **descriptions des lieux sont souvent subjectives**, et témoignent de l'état d'esprit du prisonnier, comme par exemple au chapitre 23: «on a ouvert devant moi des portes basses, des escaliers secrets, des couloirs intérieurs, de longs corridors étouffés...». Les lieux dépeints sont labyrinthiques et **traduisent la solitude du personnage et son désarroi face à une situation terrible et inhumaine**. Le point de vue interne renforce l'impression d'isolement face au monde extérieur hostile.

Enfin, la syntaxe adopte souvent un rythme saccadé. Elle est marquée par une **ponctuation très expressive**, faite d'exclamations et de points de suspension. Au dernier chapitre, le lecteur peut entendre le cri de révolte et d'angoisse du condamné: «Ah! les misérables! il me semble qu'on monte l'escalier...», dernière exclamation d'un homme qui s'approche irrémédiablement de la mort.

Le tour de l'œuvre en 8 fiches

Un roman à la chronologie heurtée

Le condamné enfermé dans un présent d'attente et d'angoisse se laisse aller à l'évocation de **souvenirs fragmentés**, qui envahissent peu à peu l'espace du roman: à l'approche de l'heure fatidique, les **analepses** (ou retours en arrière) prennent de plus en plus de place, faisant resurgir un passé lointain et heureux. Ainsi le condamné peut-il «oublier le présent dans le passé», même si l'entreprise est vaine (voir l'évocation du premier émoi amoureux avec Pepa, au chapitre 33).

Les **prolepses** quant à elles permettent d'anticiper sur un futur atroce: le narrateur ne peut s'empêcher de penser avec horreur à l'exécution et à ses conséquences, notamment sur la vie de sa fille, qu'il imagine bannie de la société au chapitre 26: «son père sera un des souvenirs du peuple de Paris. Elle rougira de moi et de son nom». Victor Hugo refuse ainsi un récit linéaire et privilégie la **description labyrinthique des pensées** du condamné.

L'emploi de registres variés

La richesse de ce texte tient également au mélange des registres. Pour traduire en images les angoisses du narrateur, Victor Hugo emploie d'abord le **registre fantastique**: à l'approche de la mort, le condamné est confronté à des cauchemars et à des visions terrifiantes. Ainsi, au chapitre 42, il décrit le rêve qu'il a fait d'une vieille femme éteignant la bougie «avec un souffle glacé», constituant une allégorie effrayante de la mort; au chapitre 41, il évoque la vision fantastique des morts qui se rassemblent autour d'une «guillotine de l'enfer» sur la place de Grève. Le fantastique permet de montrer que le narrateur, en sursis, se situe dans un entre-deux: il n'appartient déjà plus au monde des vivants, et pas encore au monde des morts.

Cette évocation des hallucinations provoquées par la terreur de la mort entraîne d'**inévitables moments tragiques**. Il s'agit pour l'écrivain de mettre en scène une sorte de fatalité, qui n'est plus celle de la tragédie antique: en effet, l'arrêt de mort n'est pas prononcé par les dieux mais par les hommes. C'est donc la société elle-même qui commet un crime en toute légalité.

Le monologue intérieur du condamné revêt aussi une **tonalité pathétique** visant à émouvoir le lecteur, notamment lors de l'évocation de souvenirs heureux et en particulier lors de l'épisode de l'entrevue avec la petite fille: celle-ci ne le reconnaît pas comme son père, et le condamné semble alors définitivement nié dans son humanité. La syntaxe et la ponctuation expressive de ce chapitre font entendre les lamentations désespérées d'un homme qui n'a plus personne sur qui compter, plus rien à qui se rattacher: un homme déjà mort.

Fiche 7

Le romantisme

Le romantisme : quelques repères

Le romantisme est un mouvement artistique émergeant dans la première moitié du XIXᵉ siècle, dans une **époque instable politiquement** et troublée par des **bouleversements sociaux et des révolutions**. Il s'agit d'un mouvement européen, qui naît en Grande-Bretagne et en Allemagne au XVIIIᵉ siècle : **Goethe**, notamment, marqua les esprits avec son célèbre roman épistolaire, *Les Souffrances du jeune Werther* (1787).

En France, au début du XIXᵉ siècle, le mouvement s'illustre par un grand nombre d'artistes : des poètes (**Alfred de Musset**, **Alphonse de Lamartine** avec *Les Méditations poétiques*), des romanciers (**Stendhal**, **Benjamin Constant**). **François-René de Chateaubriand** publie ses *Mémoires d'outre-tombe* en 1849. Le romantisme se développe également dans la musique (**Frédéric Chopin**) et dans la peinture (**Caspar Friedrich**, **Eugène Delacroix**).

Certains thèmes sont particulièrement explorés par les artistes romantiques : la **nature**, refuge réconfortant face aux aléas du monde, leur permet de réfléchir sur le sens de l'existence ; la **passion amoureuse** incite les poètes à faire entendre leur lyrisme ; la **mélancolie** accompagne leurs épanchements ; l'**exotisme** est le signe de leur penchant pour l'idéal et le rêve d'une société nouvelle.

L'émergence de la question sociale en littérature

« Venu[s] trop tard dans un monde trop vieux » : ce mot célèbre d'Alfred de Musset traduit les contradictions de cette génération des romantiques venue après la Révolution française. Née avec le XIXᵉ siècle, elle se trouve en effet **prise en étau entre les batailles du passé et l'exigence d'un avenir meilleur**. Deux attitudes contradictoires sont adoptées par ces artistes romantiques : pour les uns, en proie au « mal du siècle », trouver un sens au chaos est impossible, et ils se réfugient dans la mélancolie et le regret d'un temps passé. Pour les autres, bien au contraire, ces soubresauts sont le signe de l'**avancée active et positive vers le progrès**, qui doit concerner l'ensemble des champs et des activités humaines. C'est dans cette perspective que Victor Hugo, figure de proue du romantisme, affirme ainsi qu'il faut provoquer une **révolution des idées par la littérature**.

Le peuple est le premier à pâtir des bouleversements historiques de l'époque. À partir des années 1830, la révolution industrielle entraîne l'**émergence d'une classe ouvrière** : de graves crises sociales éclatent, qui témoignent de grandes inégalités. Dans ses romans, **Victor Hugo se fait le porte-parole des classes opprimées**, des laissés-pour-compte, notamment dans *Les Misérables*, grande fresque épique mettant en scène insurrections et barricades. C'est ainsi que dans *Littérature et philosophie mêlées*, l'écrivain martèle l'idée selon laquelle **la littérature doit questionner la société et dénoncer la misère sociale des classes laborieuses**. L'art, selon lui, doit avoir une mission moralisatrice et civilisatrice.

Le combat de Victor Hugo contre la peine de mort en est une illustration parfaite. Dans *Le Dernier Jour d'un condamné* mais aussi dans *Claude Gueux*, il ne cesse de démontrer que **la guillotine est contraire à l'esprit de progrès social** : il faut se préoccuper d'éduquer et non de punir. Dans *Le Dernier Jour d'un condamné*, la scène terrible du ferrement des forçats dénonce précisément les dérives d'une société qui ne fait que punir sans tenter d'empêcher la misère, cause principale de la violence et du crime.

La nouvelle mission de l'écrivain

La fonction de la littérature et de l'homme de lettres se trouve ainsi refondée : l'écrivain doit être le porte-parole de la collectivité. L'artiste a pour mission de transmettre au peuple cette conscience citoyenne : il acquiert le statut d'un **prophète visionnaire** guidant les masses vers la liberté et le progrès. Selon Victor Hugo, **cette mission de l'écrivain est divine** : il est l'élu qui doit parler au plus grand nombre. Dans *Les Génies appartenant au peuple*, le chef de file

romantique montre le rapport entre le « génie » qu'est l'écrivain et le peuple : « Le penseur, poète ou philosophe, se sent une paternité immense. La misère universelle est là, gisante ; il lui parle, il la conseille, il l'enseigne, il la console, il la relève ; il lui montre le chemin, il lui rallume son âme. »

Certes, *Le Dernier Jour d'un condamné* est un roman de jeunesse et Victor Hugo n'a pas encore la stature du grand écrivain qu'il aura plus tard ; mais on peut déjà voir dans la préface de 1832 une réelle exigence de **réformer la société et de faire prendre conscience de la nécessité d'un progrès social**. En 1848, année de la Révolution, Victor Hugo jouera un rôle de premier plan. Cependant, l'espoir d'un changement et d'un renouveau disparaît avec l'avènement du Second Empire et l'arrivée au pouvoir du neveu de Napoléon Ier, Napoléon III. S'opposant au régime et le faisant savoir dans des pamphlets ou des satires, Victor Hugo est exilé, d'abord à Bruxelles puis dans les îles anglo-normandes. C'est sans doute là qu'il faut dater la fin du romantisme.

Fiche 8

Citations

Le Dernier Jour d'un condamné

«Maintenant je suis captif. Mon corps est aux fers dans un cachot, mon esprit est en prison dans une idée.»

Chapitre 1.

«Quoi que je fasse, elle est toujours là, cette pensée infernale, comme un spectre de plomb à mes côtés, seule et jalouse, chassant toute distraction, face à face avec moi misérable, et me secouant de ses deux mains de glace quand je veux détourner la tête ou fermer les yeux.»

Chapitre 1.

«Ils m'apprennent à parler argot, à *rouscailler bigorne*, comme ils disent. C'est toute une langue entée sur la langue générale comme une espèce d'excroissance hideuse, comme une verrue.»

Chapitre 5.

«N'y aura-t-il pas dans ce procès-verbal de la pensée agonisante, dans cette progression toujours croissante de douleurs, dans cette espèce d'autopsie intellectuelle d'un condamné, plus d'une leçon pour ceux qui condamnent?»

Chapitre 6.

«La société avait beau être là, représentée par les geôliers et les curieux épouvantés, le crime la narguait en face, et de ce châtiment horrible faisait une fête de famille.»

Chapitre 13.

«Ah! qu'une prison est quelque chose d'infâme! il y a un venin qui y salit tout. Tout s'y flétrit, même la chanson d'une fille de quinze ans! Vous y trouvez un oiseau, il a de la boue sur son aile; vous y cueillez une jolie fleur, vous la respirez: elle pue.»

Chapitre 17.

«Misérable! quel crime j'ai commis, et quel crime je fais commettre à la société!»

Chapitre 26.

Le tour de l'œuvre en 8 fiches

« Je serai quelque chose d'immonde qui traînera sur la table froide des amphithéâtres ; une tête qu'on moulera d'un côté, un tronc qu'on disséquera de l'autre. »

Chapitre 26.

« Le nom de la chose est effroyable, et je ne comprends point comment j'ai pu jusqu'à présent l'écrire et le prononcer. »

Chapitre 27.

« La combinaison de ces dix lettres, leur aspect, leur physionomie est bien faite pour réveiller une idée épouvantable, et le médecin de malheur qui a inventé la chose avait un nom prédestiné. »

Chapitre 27.

À propos du *Dernier Jour d'un condamné*

« C'est partout vous, toujours la couleur éclatante, toujours l'émotion profonde, toujours l'expression vraie pleinement satisfaisante, la poésie toujours ».

Alfred de Vigny, lettre à Victor Hugo du 9 février 1829.

« Un livre, tout étincelant d'une horrible et atroce vérité... Figurez-vous une agonie de trois cents pages ».

Jules Janin, *La Quotidienne*, 26 février 1829.

« À quoi bon cette débauche d'imagination, ce long crime de rêve et de sang, d'échafaud ? »

Charles Nodier, *Le Journal des débats*, 26 février 1829.

« Cet être qui ne ressemble à personne et qui souffre avec tant de science et d'analyse ».

Charles Nodier, *ibid.*

« On est froid pour cet être qui ne ressemble à personne ».

Désiré Nivard, 27 février 1829.

175

Groupements de textes

Les héros en prison au XIXᵉ siècle

Eugène-François Vidocq, *Mémoires de Vidocq, chef de la police de Sûreté, jusqu'en 1827*

Ancien bagnard, Eugène-François Vidocq (1775-1857) fut recruté parmi les forçats libérés et devint chef de la brigade de la Sûreté de 1811 à 1822. La vie de cet aventurier fut rocambolesque: condamné à plusieurs reprises au bagne et aux travaux forcés, il s'évada à chaque fois. Ses *Mémoires* constituent un témoignage remarquable sur les milieux criminels de l'époque. Dans ce passage, Vidocq raconte son arrivée à la prison de Bicêtre.

À Senlis, on nous déposa dans la prison de passage, une des plus affreuses que je connusse. Le concierge cumulant les fonctions de garde champêtre, la maison était dirigée par sa femme; et quelle femme! Comme nous étions signalés, elle nous fouilla dans les endroits les plus secrets, voulant s'assurer par elle-même que nous ne portions rien qui pût servir à une évasion. Nous étions cependant en train de sonder les murs, lorsque nous l'entendîmes crier d'une voix enrouée: *Coquins, si je vais à vous avec mon nerf de bœuf, je vous apprendrai à faire de la musique.* Nous nous le tînmes pour bien dit, et tout le monde resta coi. Le surlendemain, nous arrivâmes à Paris ; on nous fit longer les boulevards extérieurs, et à quatre heures de l'après-midi, nous étions en vue de Bicêtre.

Arrivés au bout de l'avenue qui donne sur la route de Fontainebleau, les voitures prirent à droite, et franchirent une grille au-dessus de laquelle je lus machinalement cette inscription : *Hospice de la vieillesse*. Dans la première cour se promenaient un grand nombre de vieillards vêtus de bure[1] grise : c'étaient les bons pauvres. Ils se pressaient sur notre passage avec cette curiosité stupide que donne une vie monotone et purement animale, car il arrive souvent que l'homme du peuple admis dans un hospice, n'ayant plus à pourvoir à sa subsistance, renonce à l'exercice de ses facultés étroites, et finit par tomber dans un idiotisme complet. En entrant dans une seconde cour, où se trouve la chapelle, je remarquai que la plupart de mes compagnons se cachaient la figure avec leurs mains où avec leurs mouchoirs. On croira peut-être qu'ils éprouvaient quelque sentiment de honte ; point : ils ne songeaient qu'à se laisser reconnaître le moins possible, afin de s'évader plus facilement si l'occasion s'en présentait.

« Nous voila arrivés, me dit Desfosseux, qui était assis à côté de moi. Tu vois ce bâtiment carré, c'est la prison. » On nous fit en effet descendre devant une porte gardée à l'intérieur par un factionnaire[2]. Entrés dans le greffe[3], nous fûmes seulement enregistrés ; on remit à prendre notre signalement au lendemain. Je m'aperçus cependant que le concierge nous regardait, Defosseux et moi, avec une espèce de curiosité, et j'en conclus que nous avions été recommandés par l'huissier Hurtrel, qui nous devançait toujours d'un quart d'heure, depuis l'affaire de la forêt de Compiègne. Apres avoir franchi plusieurs portes fort basses doublées en tôle, et le *guichet des cabanons*, nous fûmes introduits dans une grande cour carrée, où une soixantaine de détenus jouaient aux barres, en poussant des cris qui faisaient retentir toute la maison. À notre aspect, tout s'interrompit, et l'on nous entoura, en

---

1. Bure : toile grossière.
2. Factionnaire : soldat qui monte la garde.
3. Greffe : bureau d'un tribunal où sont entreposés les documents en lien avec le jugement.

paraissant examiner avec surprise les fers dont nous étions chargés. C'était, au surplus, entrer à Bicêtre par la belle porte, que de s'y présenter avec un pareil harnais, car on jugeait du mérite d'un prisonnier, c'est-à-dire de son audace et de son intelligence pour les évasions, d'après les précautions prises pour s'assurer de lui. Desfosseux, qui se trouvait là en pays de connaissance, n'eut donc pas de peine à nous présenter comme les sujets les plus distingués du département du Nord ; il fit de plus, en particulier, mon éloge, et je me trouvai entouré et fêté par tout ce qu'il y avait de célèbre dans la prison : les Beaumont, les Guillaume père, les Mauger, les Jossat, les Maltaise, les Cornu, les Blondy, les Trouflat, les Richard, l'un des complices de l'assassinat du courrier de Lyon, ne me quittaient plus. Dès qu'on nous eut débarrassés de nos fers de voyage, on m'entraîna à la cantine, et j'y faisais raison depuis deux heures à mille invitations, lorsqu'un grand homme en bonnet de police, qu'on me dit être l'inspecteur des salles, vint me prendre et me conduisit dans une grande pièce nommée *le Fort-Mahon*, où l'on nous revêtit des habits de la maison, consistant en une casaque[1] mi-partie grise et noire. L'inspecteur m'annonça en même temps que je serais *brigadier*. C'est-à-dire que je présiderai à la répartition des vivres entre mes commensaux[2] ; j'eus en conséquence un assez bon lit, tandis que les autres couchèrent sur des lits de camp.

Eugène-François Vidocq, *Mémoires de Vidocq,*
chef de la police de Sûreté, jusqu'en 1827 [1829], Robert Laffont, 1998.

Stendhal, *Le Rouge et le Noir*

Julien Sorel, le héros du roman de Stendhal (1783-1842), est un jeune provincial ambitieux qui tombe amoureux de Mme de Rênal. Dans la deuxième partie du roman, Julien tente de tuer son ancienne maîtresse car celle-ci ruine son union future avec Mathilde de la Môle. Il est emprisonné et condamné à mort.

---

1. **Casaque** : vêtement masculin à larges manches.
2. **Commensaux** : compagnons de table.

Les héros en prison au XIXᵉ siècle

En ramenant Julien en prison, on l'avait introduit dans une chambre destinée aux condamnés à mort. Lui qui, d'ordinaire, remarquait jusqu'aux plus petites circonstances, ne s'était point aperçu qu'on ne le faisait pas remonter à son donjon. Il songeait à ce qu'il dirait à Mme de Rênal, si, avant le dernier moment, il avait le bonheur de la voir. Il pensait qu'elle l'interromprait et voulait du premier mot pouvoir lui peindre tout son repentir. Après une telle action, comment lui persuader que je l'aime uniquement ? Car enfin, j'ai voulu la tuer par ambition ou par amour pour Mathilde.

En se mettant au lit il trouva des draps d'une toile grossière. Ses yeux se dessillèrent[1]. Ah ! je suis au cachot, se dit-il, comme condamné à mort. C'est juste. Le comte Altamira me racontait que, la veille de sa mort, Danton disait avec sa grosse voix : C'est singulier, le verbe guillotiner ne peut pas se conjuguer dans tous ses temps ; on peut bien dire : Je serai guillotiné, tu seras guillotiné, mais on ne dit pas : J'ai été guillotiné.

Pourquoi pas, reprit Julien, s'il y a une autre vie ?... Ma foi, si je trouve le Dieu des chrétiens, je suis perdu : c'est un despote[2], et, comme tel, il est rempli d'idées de vengeance ; sa Bible ne parle que de punitions atroces. Je ne l'ai jamais aimé ; je n'ai même jamais voulu croire qu'on l'aimât sincèrement. Il est sans pitié (et il se rappela plusieurs passages de la Bible). Il me punira d'une manière abominable...

Mais si je trouve le Dieu de Fénelon[3] ! Il me dira peut-être : Il te sera beaucoup pardonné, parce que tu as beaucoup aimé...

Ai-je beaucoup aimé ? Ah ! j'ai aimé Mme de Rênal, mais ma conduite a été atroce. Là, comme ailleurs, le mérite simple et modeste a été abandonné pour ce qui est brillant...

Mais aussi, quelle perspective !... Colonel de hussards, si nous avions la guerre ; secrétaire de légation pendant la paix ; ensuite ambassadeur... car bientôt j'aurais su les affaires..., et quand je n'aurais été qu'un sot, le gendre du marquis de La Mole a-t-il quelque rivalité à craindre ? Toutes mes sottises eussent été

---

1. **Se dessillèrent** : s'ouvrirent.
2. **Despote** : tyran.
3. **Fénelon** : écrivain et moraliste du XVIIᵉ siècle.

Groupements de textes

pardonnées, ou plutôt comptées pour des mérites. Homme de mérite, et jouissant de la plus grande existence à Vienne ou à Londres…

– Pas précisément, monsieur, guillotiné dans trois jours. Julien rit de bon cœur de cette saillie de son esprit. En vérité, l'homme a deux êtres en lui, pensa-t-il. Qui diable songeait à cette réflexion maligne?

Stendhal, *Le Rouge et le Noir* [1830],
Gallimard, «Bibliothèque Gallimard», 1999.

Stendhal, *La Chartreuse de Parme*

Fabrice Del Dongo, jeune aristocrate naïf, est impliqué dans des intrigues politiques et amoureuses: l'une d'elles l'amène à tuer un homme. Il est emprisonné à la prison de Parme. Bien que menacé de mort, il vit avec une certaine douceur sa détention car il tombe amoureux de Clélia Conti, la fille du gouverneur de la prison.

Ce fut dans l'une de ces chambres construites depuis un an, et chef-d'œuvre du général Fabio Conti, laquelle avait reçu le beau nom d'Obéissance passive, que Fabrice fut introduit. Il courut aux fenêtres; la vue qu'on avait de ces fenêtres grillées[1] était sublime: un seul petit coin de l'horizon était caché, vers le nord-est, par le toit en galerie du joli palais du gouverneur, qui n'avait que deux étages; le rez-de-chaussée était occupé par les bureaux de l'état-major; et d'abord les yeux de Fabrice furent attirés vers une des fenêtres du second étage, où se trouvaient, dans de jolies cages, une grande quantité d'oiseaux de toute sorte. Fabrice s'amusait à les entendre chanter, et à les voir saluer les derniers rayons du crépuscule du soir, tandis que les geôliers s'agitaient autour de lui. Cette fenêtre de la volière n'était pas à plus de vingt-cinq pieds de l'une des siennes, et se trouvait à cinq ou six pieds en contrebas, de façon qu'il plongeait sur les oiseaux. Il y avait lune ce jour-là, et au moment où Fabrice entrait dans sa prison, elle se levait majestueusement à l'horizon à droite,

---

1. **Grillées** : entourées d'une grille.

Les héros en prison au XIXᵉ siècle

au-dessus de la chaîne des Alpes, vers Trévise. Il n'était que huit heures et demie du soir, et à l'autre extrémité de l'horizon, au couchant, un brillant crépuscule rouge orangé dessinait parfaitement les contours du mont Viso et des autres pics des Alpes qui remontent de Nice vers le mont Cenis et Turin ; sans songer autrement à son malheur, Fabrice fut ému et ravi par ce spectacle sublime. C'est donc dans ce monde ravissant que vit Clélia Conti ! Avec son âme pensive et sérieuse, elle doit jouir de cette vue plus qu'un autre ; on est ici comme dans des montagnes solitaires à cent lieues de Parme. Ce ne fut qu'après avoir passé plus de deux heures à la fenêtre, admirant cet horizon qui parlait à son âme, et souvent aussi arrêtant sa vue sur le joli palais du gouverneur que Fabrice s'écria tout à coup : Mais ceci est-il une prison ? Est-ce là ce que j'ai tant redouté ? Au lieu d'apercevoir à chaque pas des désagréments et des motifs d'aigreur, notre héros se laissait charmer par les douceurs de la prison. Tout à coup son attention fut violemment rappelée à la réalité par un tapage épouvantable : sa chambre de bois, assez semblable à une cage et surtout fort sonore, était violemment ébranlée : des aboiements de chien et de petits cris aigus complétaient le bruit le plus singulier. Quoi donc si tôt pourrais-je m'échapper ! pensa Fabrice. Un instant après, il riait comme jamais peut-être on n'a ri dans une prison.

> Stendhal, *La Chartreuse de Parme* [1839],
> Gallimard, « Folioplus classiques », 2006.

Alexandre Dumas, *Le Comte de Monte-Cristo*

Le Comte de Monte-Cristo est un des romans les plus célèbres d'Alexandre Dumas (1802-1870). Son héros Edmond Dantès, accusé à tort de bonapartisme, est emprisonné au Château d'If, au large de Marseille. Ce n'est qu'après vingt ans de captivité qu'il réussit à s'échapper.

Il ne voyait même plus la mer, cette immense douleur des prisonniers, qui regardent l'espace avec le sentiment terrible qu'ils sont impuissants à le franchir. Il y eut une halte d'un moment, pendant laquelle il essaya de recueillir ses esprits. Il regarda autour de lui : il était dans une cour carrée, formée par quatre

Groupements de textes

hautes murailles ; on entendait le pas lent et régulier des sentinelles ; et chaque fois qu'elles passaient devant deux ou trois reflets que projetait sur les murailles la lueur de deux ou trois lumières qui brillaient dans l'intérieur du château, on voyait scintiller le canon de leurs fusils. On attendit là dix minutes à peu près ; certains que Dantès ne pouvait plus fuir, les gendarmes l'avaient lâché. On semblait attendre des ordres, ces ordres arrivèrent.

« – Où est le prisonnier ? demanda une voix.

– Le voici, répondirent les gendarmes.

– Qu'il me suive, je vais le conduire à son logement.

– Allez », dirent les gendarmes en poussant Dantès. Le prisonnier suivit son conducteur, qui le conduisit effectivement dans une salle presque souterraine, dont les murailles nues et suantes semblaient imprégnées d'une vapeur de larmes. Une espèce de lampion posé sur un escabeau, et dont la mèche nageait dans une graisse fétide, illuminait les parois lustrées de cet affreux séjour, et montrait à Dantès son conducteur, espèce de geôlier subalterne, mal vêtu et de basse mine. « Voici votre chambre pour cette nuit, dit-il ; il est tard, et M. le gouverneur est couché.

Demain, quand il se réveillera et qu'il aura pris connaissance des ordres qui vous concernent, peut-être vous changera-t-il de domicile ; en attendant, voici du pain, il y a de l'eau dans cette cruche, de la paille là-bas dans un coin : c'est tout ce qu'un prisonnier peut désirer. Bonsoir. » Et avant que Dantès eût songé à ouvrir la bouche pour lui répondre, avant qu'il eût remarqué où le geôlier posait ce pain, avant qu'il se fût rendu compte de l'endroit où gisait cette cruche, avant qu'il eût tourné les yeux vers le coin où l'attendait cette paille destinée à lui servir de lit, le geôlier avait pris le lampion, et, refermant la porte, enlevé au prisonnier ce reflet blafard qui lui avait montré, comme à la lueur d'un éclair, les murs ruisselants de sa prison. Alors il se trouva seul dans les ténèbres et dans le silence, aussi muet et aussi sombre que ces voûtes dont il sentait le froid glacial s'abaisser sur son front brûlant. Quand les premiers rayons du jour eurent ramené un peu de clarté dans cet antre[1], le geôlier revint avec ordre de laisser le prisonnier où il était. Dantès n'avait point changé de

------

1. **Antre** : grotte.

place. Une main de fer semblait l'avoir cloué à l'endroit même où la veille il s'était arrêté : seulement son œil profond se cachait sous une enflure causée par la vapeur humide de ses larmes. Il était immobile et regardait la terre. Il avait ainsi passé toute la nuit debout, et sans dormir un instant.

Alexandre Dumas, *Le Comte de Monte-Cristo* [1844],
Gallimard, « Folio classique », 1998.

François-René de Chateaubriand, *Mémoires d'outre-tombe*

Dans les *Mémoires d'outre-tombe*, François-René de Chateaubriand (1768-1848) mêle souvenirs personnels et événements historiques : admirateur de Napoléon, il évoque ce qu'ont pu être les sentiments et les états d'âme de l'empereur quand il fut emprisonné à Sainte-Hélène, où il mourut.

La mer que Napoléon franchissait n'était point cette mer amie qui l'apporta des havres de la Corse, des sables d'Aboukir, des rochers de l'île d'Elbe[1], aux rives de la Provence ; c'était cet Océan ennemi qui, après l'avoir enfermé dans l'Allemagne, la France, le Portugal et l'Espagne, ne s'ouvrait devant sa course que pour se refermer derrière lui. Il est probable qu'en voyant les vagues pousser son navire, les vents alizés l'éloigner d'un souffle constant, il ne faisait pas sur sa catastrophe les réflexions qu'elle m'inspire : chaque homme sent sa vie à sa manière, celui qui donne au monde un grand spectacle est moins touché et moins enseigné que le spectateur. Occupé du passé comme s'il pouvait renaître, espérant encore dans ses souvenirs, Bonaparte s'aperçut à peine qu'il franchissait la ligne, et il ne demanda point quelle main traça ces cercles dans lesquels les globes sont contraints d'emprisonner leur marche éternelle.

Le 15 août, la colonie errante célébra la Saint-Napoléon à bord du vaisseau qui conduisait Napoléon à sa dernière halte. Le 15 octobre, le Northumberland était à la hauteur de Sainte-

---

1. Île d'Elbe : île où fut emprisonné Napoléon Ier, en face de la Corse.

Hélène. Le passager monta sur le pont; il eut peine à découvrir un point noir imperceptible dans l'immensité bleuâtre; il prit une lunette; il observa ce grain de terre ainsi qu'il eût autrefois observé une forteresse au milieu d'un lac. Il aperçut la bourgade de Saint-James enchâssée dans des rochers escarpés; pas une ride de cette façade stérile à laquelle ne fût suspendu un canon: on semblait avoir voulu recevoir le captif selon son génie.

François-René de Chateaubriand, *Mémoires d'outre-tombe* [1849], Gallimard, «Quarto», 1997.

Victor Hugo, *Les Misérables*

Jean Valjean, héros des *Misérables*, a été condamné au bagne pour avoir volé un pain. Dans ce roman, Victor Hugo dépeint une nouvelle fois la misère des couches populaires de la société.

Jean Valjean fut traduit devant les tribunaux du temps «pour vol avec effraction la nuit dans une maison habitée». Il avait un fusil dont il se servait mieux que tireur au monde, il était quelque peu braconnier; ce qui lui nuisit. Il y a contre les braconniers un préjugé légitime. Le braconnier, de même que le contrebandier, côtoie de fort près le brigand. Pourtant, disons-le en passant, il y a encore un abîme entre ces races d'hommes et le hideux assassin des villes. Le braconnier vit dans la forêt, le contrebandier vit dans la montagne ou sur la mer. Les villes font des hommes féroces parce qu'elles font des hommes corrompus. La montagne, la mer, la forêt, font des hommes sauvages. Elles développent le côté farouche, mais souvent sans détruire le côté humain. Jean Valjean fut déclaré coupable. Les termes du code étaient formels. Il y a dans notre civilisation des heures redoutables; ce sont les moments où la pénalité prononce un naufrage. Quelle minute funèbre que celle où la société s'éloigne et consomme l'irréparable abandon d'un être pensant! Jean Valjean fut condamné à cinq ans de galères.

Le 22 avril 1796, on cria dans Paris la victoire de Montenotte remportée par le général en chef de l'année d'Italie, que le message du Directoire aux Cinq-Cents, du 2 floréal an IV, appelle

Buona-Parte ; ce même jour une grande chaîne fut ferrée à Bicêtre. Jean Valjean fit partie de cette chaîne. Un ancien guichetier
de la prison, qui a près de quatre-vingt-dix ans aujourd'hui, se
souvient encore parfaitement de ce malheureux qui fut ferré à
l'extrémité du quatrième cordon dans l'angle nord de la cour. Il
était assis à terre comme tous les autres. Il paraissait ne rien comprendre à sa position, sinon qu'elle était horrible.

Il est probable qu'il y démêlait aussi, à travers les vagues idées
d'un pauvre homme ignorant de tout, quelque chose d'excessif.
Pendant qu'on rivait à grands coups de marteau derrière sa tête
le boulon de son carcan, il pleurait, les larmes l'étouffaient, elles
l'empêchaient de parler, il parvenait seulement à dire de temps en
temps : J'étais émondeur à Faverolles. Puis, tout en sanglotant, il
élevait sa main droite et l'abaissait graduellement sept fois comme
s'il touchait successivement sept têtes inégales, et par ce geste on
devinait que la chose quelconque qu'il avait faite, il l'avait faite
pour vêtir et nourrir sept petits enfants. Il partit pour Toulon.
Il y arriva après un voyage de vingt-sept jours, sur une charrette,
la chaîne au cou. À Toulon, il fut revêtu de la casaque rouge.
Tout s'effaça de ce qui avait été sa vie, jusqu'à son nom ; il ne fut
même plus Jean Valjean ; il fut le numéro 24601. Que devint la
sœur ? Que devinrent les sept enfants ? Qui est-ce qui s'occupe de
cela ? Que devient la poignée de feuilles du jeune arbre scié par le
pied ? C'est toujours la même histoire. Ces pauvres êtres vivants,
ces créatures de Dieu, sans appui désormais, sans guide, sans
asile, s'en allèrent au hasard, qui sait même ? Chacun de leur côté
peut-être, et s'enfoncèrent peu à peu dans cette froide brume où
s'engloutissent les destinées solitaires, moines ténèbres où dispa-
raissent successivement tant de têtes infortunées dans la sombre
marche du genre humain. Ils quittèrent le pays. Le clocher de ce
qui avait été leur village les oublia ; la borne de ce qui avait été
leur champ les oublia ; après quelques années de séjour au bagne,
Jean Valjean lui-même les oublia.

Victor Hugo, *Les Misérables* [1862],
Gallimard, « Folio classique », 1999.

Groupements de textes

Controverses
autour de la peine de mort

Cesare Beccaria, *Des délits et des peines*,
« De la peine de mort »

Cesare Beccaria (1738-1794), juriste et philosophe italien, est proche
par ses idées des philosophes des Lumières. Il le démontre dans son
essai *Des délits et des peines*, où il vise à démontrer l'inutilité et le
caractère nuisible de la peine de mort.

La peine de mort est nuisible par l'exemple de cruauté qu'elle
donne. Si les passions ont rendu la guerre inévitable et enseigné
à répandre le sang, les lois, dont le but est d'assagir les hommes, ne devraient pas étendre cet exemple de férocité, d'autant
plus funeste qu'elles donnent la mort avec plus de formes et de
méthode. Il me paraît absurde que les lois, qui sont l'expression
de la volonté générale, qui réprouvent et punissent l'homicide,
en commettent elles-mêmes et, pour détourner les citoyens de
l'assassinat, ordonnent l'assassinat public. Quelles sont les lois
vraiment utiles ? Ce sont les pactes et les conventions que tous
seraient prêts à proposer et à observer, alors que la voix, toujours
trop écoutée, de l'intérêt particulier se tait ou se mêle à celle de
l'intérêt commun. Quel est le sentiment général sur la peine de
mort ? On peut le lire dans l'indignation et le mépris qu'inspire
la vue du bourreau, qui n'est pourtant que l'exécuteur innocent
de la volonté publique, un bon citoyen qui contribue au bien de
tous, l'instrument nécessaire de la sûreté de l'État au-dedans, de
même que les vaillants soldats la défendent au-dehors. D'où vient
alors cette contradiction ? Et pourquoi cette répulsion invincible
qui fait honte à la raison ? Parce que, au plus secret de leur âme,
où les sentiments naturels gardent encore leur forme primitive,
les hommes ont toujours cru que leur vie n'est au pouvoir de personne, si ce n'est de la nécessité qui tient le monde entier sous son
sceptre de fer.

Que doivent penser les gens en voyant les sages magistrats et
les graves ministres de la justice faire traîner un coupable à la

Controverses autour de la peine de mort

mort avec tranquillité, avec indifférence, après de longs prépa-
ratifs ? Et, tandis que le malheureux attend le coup fatal dans les
transes et les suprêmes angoisses, le juge, froid et insensible, peut-
être même secrètement satisfait de son autorité, s'en va goûter les
agréments et les plaisirs de la vie.

Cesare Beccaria, *Des délits et des peines* [1764],
trad. de l'italien par Maurice Chevallier, GF-Flammarion, 2006.

Voltaire, *Commentaire sur l'ouvrage « Des délits et des peines »* par un avocat de province

Voltaire (1694-1791) a mené toute sa vie un combat acharné contre l'in-
tolérance et l'injustice. En 1766, il écrit un commentaire sur l'ouvrage
de Beccaria, pour défendre une cause qui lui est chère.

On a dit, il y a longtemps, qu'un homme pendu n'est bon à
rien, et que les supplices inventés pour le bien de la société doivent être utiles à cette société. Il est évident que vingt voleurs
vigoureux, condamnés à travailler aux ouvrages publics toute
leur vie, servent l'État par leur supplice, et que leur mort ne fait
de bien qu'au bourreau, que l'on paye pour tuer les hommes en
public. Rarement les voleurs sont-ils punis de mort en Angleterre ;
on les transporte dans les colonies. Il en est de même dans les
vastes États de la Russie ; on n'a exécuté aucun criminel sous l'empire de l'autocratrice Élisabeth. Catherine II, qui lui a succédé,
avec un génie très supérieur, suit la même maxime. Les crimes ne
se sont point multipliés par cette humanité, et il arrive presque
toujours que les coupables relégués en Sibérie y deviennent gens
de bien. On remarque la même chose dans les colonies anglaises.
Ce changement heureux nous étonne ; mais rien n'est plus natu-
rel. Ces condamnés sont forcés à un travail continuel pour vivre.
Les occasions du vice leur manquent : ils se marient, ils peuplent.
Forcez les hommes au travail, vous les rendrez honnêtes gens. On
sait assez que ce n'est pas à la campagne que se commettent les
grands crimes, excepté peut-être quand il y a trop de fêtes, qui
forcent l'homme à l'oisiveté, le conduisent à la débauche.

Groupements de textes

On ne condamnait un citoyen romain à mourir que pour des crimes qui intéressaient le salut de l'État. Nos maîtres, nos premiers législateurs, ont respecté le sang de leurs compatriotes ; nous prodiguons celui des nôtres.

On a longtemps agité cette question délicate et funeste, s'il est permis aux juges de punir de mort quand la loi ne prononce pas expressément le dernier supplice. Cette difficulté fut solennellement débattue devant l'empereur Henri VI[1]. Il jugea et décida qu'aucun juge ne peut avoir ce droit.

Il y a des affaires criminelles, ou si imprévues, ou si compliquées, ou accompagnées de circonstances si bizarres, que la loi elle-même a été forcée dans plus d'un pays d'abandonner ces cas singuliers à la prudence des juges. Mais s'il se trouve en effet une cause dans laquelle la loi permette de faire mourir un accusé qu'elle n'a pas condamné, il se trouvera mille causes dans lesquelles l'humanité, plus forte que la loi, doit épargner la vie de ceux que la loi elle-même a dévoués à la mort.

L'épée de la justice est entre nos mains ; mais nous devons plus souvent l'émousser que la rendre plus tranchante. On la porte dans son fourreau devant les rois, c'est pour nous avertir de la tirer rarement.

On a vu des juges qui aimaient à faire couler le sang ; tel était Jeffreys[2], en Angleterre ; tel était, en France, un homme à qui l'on donna le surnom de *coupe-tête*[3]. De tels hommes n'étaient pas nés pour la magistrature ; la nature les fit pour être bourreaux.

Voltaire, *Commentaire sur l'ouvrage «Des délits et des peines» par un avocat de province* [1766], Gallimard, «Bibliothèque de la Pléiade», 1961.

---

1. L'empereur Henri VI : empereur germanique (1190-1197), fils de Frédéric Barberousse, roi de Sicile, geôlier de Richard Cœur de Lion.
2. Jeffreys : homme politique anglais (1645-1689), chancelier du roi Jacques II, particulièrement injuste et cruel.
3. Il s'agit de M. de Machault, magistrat réputé pour sa cruauté.

Controverses autour de la peine de mort

Victor Hugo,
« Lettre aux habitants de Guernesey »

Cette lettre fut écrite par Victor Hugo à Guernesey pour réclamer la grâce de Tapner, un assassin condamné à mort, qui devait être exécuté le 27 janvier 1854.

La première des vérités, la voici : tu ne tueras pas.

Et cette parole est absolue. Elle a été dite pour la loi, aussi bien que pour l'individu.

Guernesiais, écoutez ceci :

Il y a une divinité horrible, tragique, exécrable, païenne. Cette divinité s'appelait Moloch[1] chez les Hébreux et Teutatès chez les Celtes ; elle s'appelle à présent la peine de mort. Elle avait autrefois pour pontife, dans l'Orient, le mage, et dans l'Occident, le druide ; son prêtre aujourd'hui, c'est le bourreau. Le meurtre légal a remplacé le meurtre sacré. Jadis elle a rempli votre île de sacrifices humains, et elle en a laissé partout les monuments, toutes ces pierres lugubres où la rouille des siècles a effacé la rouille du sang, qu'on rencontre à demi ensevelies dans l'herbe au sommet de vos collines et sur lesquelles la ronce siffle au vent du soir. Aujourd'hui, en cette année dont elle épouvante l'aurore, l'idole monstrueuse reparaît parmi vous ; elle vous somme de lui obéir ; elle vous convoque à jour fixe, pour la célébration de son mystère, et, comme autrefois, elle réclame de vous, de vous qui avez lu l'Évangile, de vous qui avez l'œil fixé sur le calvaire, elle réclame un sacrifice humain. Lui obéirez-vous ? Redeviendrez-vous païens le 27 janvier 1854 pendant deux heures ? Païens pour tuer un homme ! Païens pour perdre une âme ! Païens pour mutiler la destinée du criminel en lui retranchant le temps du repentir ! Ferez-vous cela ? Serait-ce là le progrès ? Où en sont les hommes si le sacrifice humain est encore possible ? Adore-t-on encore à Guernesey l'idole, la vieille idole du passé, qui tue en face de Dieu qui crée ? À quoi bon lui avoir ôté le peulven[2] si c'est pour lui rendre la potence ?

---

1. Moloch : divinité mentionnée dans la Bible. En son honneur, des enfants étaient « passés par le feu », c'est-à-dire immolés puis brûlés.
2. Peulven : mot breton synonyme de « menhir ».

Groupements de textes

Quoi ! Commuer une peine, laisser à un coupable la chance du remords et de la réconciliation, substituer au sacrifice humain l'expiation intelligente, ne pas tuer un homme, cela est-il donc si malaisé ? Le navire est-il donc si en détresse qu'un homme y soit de trop ? Un criminel repentant pèse-t-il donc tant à la société humaine qu'il faille se hâter de jeter par-dessus le bord dans l'ombre de l'abîme cette créature de Dieu ?

Guernesiais ! la peine de mort recule aujourd'hui partout et perd chaque jour du terrain ; elle s'en va devant le sentiment humain. En 1830, la chambre des députés de France en réclamait l'abolition, par acclamation ; la constituante de Francfort l'a rayée des codes en 1848 ; la constituante de Rome l'a supprimée en 1849 ; notre constituante de Paris ne l'a maintenue qu'à une majorité imperceptible ; je dis plus, la Toscane, qui est catholique, l'a abolie ; la Russie, qui est barbare, l'a abolie ; Otahiti, qui est sauvage, l'a abolie. Il semble que les ténèbres elles-mêmes n'en veuillent plus. Est-ce que vous en voulez, vous, hommes de ce bon pays ?

Victor Hugo, « Lettre aux habitants de Guernesey » [1854], *Choses vues*,
Gallimard, « Folio classique », 1997.

Albert Camus, « Réflexions sur la guillotine », *Réflexions sur la peine capitale*

Albert Camus (1913-1960), prix Nobel de littérature en 1957, fut un écrivain engagé dans les combats politiques de son temps. L'abolition de la peine de mort fut une des causes qu'il défendit ardemment tout au long de sa vie.

Laissons de côté le fait que la loi du talion [1] est inapplicable et qu'il paraîtrait aussi excessif de punir l'incendiaire en mettant le feu à sa maison qu'insuffisant de châtier le voleur en prélevant sur son compte en banque une somme équivalente à son vol. Admettons qu'il soit juste et nécessaire de compenser le meurtre de la victime par la mort du meurtrier. Mais l'exécution capitale n'est

---

1. La loi du talion : loi qui consiste à payer un crime par une peine équivalente.

pas seulement la mort. Elle est aussi différente, en son essence, de la privation de vie, que le camp de concentration l'est de la prison. Elle est un meurtre, sans doute, et qui paye arithmétiquement le meurtre commis. Mais elle ajoute à la mort un règlement, une préméditation publique et connue de la future victime, une organisation, enfin, qui est par elle-même une source de souffrances morales plus terribles que la mort. Il n'y a donc pas équivalence. Beaucoup de législations considèrent comme plus grave le crime prémédité que le crime de pure violence. Mais qu'est-ce donc que l'exécution capitale, sinon le plus prémédité des meurtres auquel aucun forfait de criminel, si calculé soit-il, ne peut être comparé ? Pour qu'il y ait équivalence, il faudrait que la peine de mort châtiât un criminel qui aurait averti sa victime de l'époque où il lui donnerait une mort horrible et qui, à partir de cet instant, l'aurait séquestrée à merci pendant des mois. Un tel monstre ne se rencontre pas dans le privé.

Albert Camus, « Réflexions sur la guillotine »,
Réflexions sur la peine capitale [1958], Gallimard, « Folio », 2002.

Robert Badinter, discours à l'Assemblée nationale, séance du 17 septembre 1981

Robert Badinter (1928) est un homme politique français qui fut président du Conseil constitutionnel de 1986 à 1995. En 1981, il obtient l'abolition de la peine de mort : voici un extrait du discours qu'il tint à l'Assemblée nationale.

M. le garde des Sceaux. – […] Voici la première évidence : dans les pays de liberté l'abolition est presque partout la règle ; dans les pays où règne la dictature, la peine de mort est partout pratiquée.

Ce partage du monde ne résulte pas d'une simple coïncidence, mais exprime une corrélation. La vraie signification politique de la peine de mort, c'est bien qu'elle procède de l'idée que l'État a le droit de disposer du citoyen jusqu'à lui retirer la vie. C'est par là que la peine de mort s'inscrit dans les systèmes totalitaires.

C'est par là même que vous retrouvez, dans la réalité judiciaire, et jusque dans celle qu'évoquait Raymond Forni, la vraie

Groupements de textes

signification de la peine de mort. Dans la réalité judiciaire, qu'est-ce que la peine de mort ? Ce sont douze hommes et femmes, deux jours d'audience, l'impossibilité d'aller jusqu'au fond des choses et le droit, ou le devoir, terrible, de trancher, en quelques quarts d'heure, parfois quelques minutes, le problème si difficile de la culpabilité, et, au-delà, de décider de la vie ou de la mort d'un autre être. Douze personnes, dans une démocratie, qui ont le droit de dire : celui-là doit vivre, celui-là doit mourir ! Je le dis : cette conception de la justice ne peut être celle des pays de liberté, précisément pour ce qu'elle comporte de signification totalitaire.

Quant au droit de grâce, il convient, comme Raymond Forni l'a rappelé, de s'interroger à son sujet. Lorsque le roi représentait Dieu sur la terre, qu'il était oint par la volonté divine, le droit de grâce avait un fondement légitime. Dans une civilisation, dans une société dont les institutions sont imprégnées par la foi religieuse, on comprend aisément que le représentant de Dieu ait pu disposer du droit de vie ou de mort. Mais dans une république, dans une démocratie, quels que soient ses mérites, quelle que soit sa conscience, aucun homme, aucun pouvoir ne saurait disposer d'un tel droit sur quiconque en temps de paix.

M. Jean Falala. – Sauf les assassins !

M. le garde des Sceaux. – Je sais qu'aujourd'hui et c'est là un problème majeur – certains voient dans la peine de mort une sorte de recours ultime, une forme de défense extrême de la démocratie contre la menace grave que constitue le terrorisme. La guillotine, pensent-ils, protégerait éventuellement la démocratie au lieu de la déshonorer.

Cet argument procède d'une méconnaissance complète de la réalité. En effet l'Histoire montre que, s'il est un type de crime qui n'a jamais reculé devant la menace de mort, c'est le crime politique. Et, plus spécifiquement, s'il est un type de femme ou d'homme que la menace de la mort ne saurait faire reculer, c'est bien le terroriste. D'abord, parce qu'il l'affronte au cours de l'action violente ; ensuite parce qu'au fond de lui il éprouve cette trouble fascination de la violence et de la mort, celle qu'on donne, mais aussi celle qu'on reçoit. Le terrorisme qui, pour moi, est un crime majeur contre la démocratie, et qui, s'il devait se

Controverses autour de la peine de mort

lever dans ce pays, serait réprimé et poursuivi avec toute la fermeté requise, a pour cri de ralliement, quelle que soit l'idéologie qui l'anime, le terrible cri des fascistes de la guerre d'Espagne : «Viva la muerte ! », «Vive la mort ! ». Alors, croire qu'on l'arrêtera avec la mort, c'est illusion.

Allons plus loin. Si, dans les démocraties voisines, pourtant en proie au terrorisme, on se refuse à rétablir la peine de mort, c'est, bien sûr, par exigence morale, mais aussi par raison politique. Vous savez, en effet, qu'aux yeux de certains et surtout des jeunes l'exécution du terroriste le transcende, le dépouille de ce qu'a été la réalité criminelle de ses actions, en fait une sorte de héros qui aurait été jusqu'au bout de sa course, qui, s'étant engagé au service d'une cause, si odieuse soit-elle, l'aurait servie jusqu'à la mort. Dès lors, apparaît le risque considérable, que précisément les hommes d'État des démocraties amies ont pesé, de voir se lever dans l'ombre, pour un terroriste exécuté, vingt jeunes gens égarés. Ainsi, loin de le combattre, la peine de mort nourrirait le terrorisme. (*Applaudissements sur les bancs des socialistes et sur quelques bancs des communistes.*)

À cette considération de fait, il faut ajouter une donnée morale : utiliser contre les terroristes la peine de mort, c'est, pour une démocratie, faire siennes les valeurs de ces derniers. Quand, après l'avoir arrêté, après lui avoir extorqué des correspondances terribles, les terroristes, au terme d'une parodie dégradante de justice, exécutent celui qu'ils ont enlevé, non seulement ils commettent un crime odieux, mais ils tendent à la démocratie le piège le plus insidieux, celui d'une violence meurtrière qui, en forçant cette démocratie à recourir à la peine de mort, pourrait leur permettre de lui donner, par une sorte d'inversion des valeurs, le visage sanglant qui est le leur.

Cette tentation, il faut la refuser, sans jamais, pour autant, composer avec cette forme ultime de la violence, intolérable dans une démocratie, qu'est le terrorisme.

Mais lorsqu'on a dépouillé le problème de son aspect passionnel et qu'on veut aller jusqu'au bout de la lucidité, on constate que le choix entre le maintien et l'abolition de la peine de mort, c'est, en définitive, pour une société et pour chacun d'entre nous, un choix moral.

Groupements de textes

Je ne ferai pas usage de l'argument d'autorité, car ce serait malvenu au Parlement, et trop facile dans cette enceinte. Mais on ne peut pas ne pas relever que, dans les dernières années, se sont prononcés hautement contre la peine de mort l'Église catholique de France, le conseil de l'Église réformée et le rabbinat. Comment ne pas souligner que toutes les grandes associations internationales qui militent de par le monde pour la défense des libertés et des droits de l'homme – Amnesty International, l'Association internationale des droits de l'homme, la Ligue des droits de l'homme – ont fait campagne pour que vienne l'abolition de la peine de mort.

Robert Badinter, discours à l'Assemblée nationale,
séance du 17 septembre 1981, Journal officiel.

Vers l'écrit du Bac

L'épreuve écrite du Bac de français s'appuie sur un corpus (ensemble de textes et de documents iconographiques). Le sujet se compose de deux parties : une ou deux questions portant sur le corpus puis trois travaux d'écriture au choix (commentaire, dissertation, écriture d'invention).

Sujet **Représentations de la misère au xixe siècle**

🖝 La question de l'Homme dans les genres de l'argumentation, du xviie siècle à nos jours

Corpus

Texte A	Victor Hugo, Préface du *Dernier Jour d'un condamné*
Texte B	Charles Baudelaire, *Le Spleen de Paris*
Texte C	Arthur Rimbaud, « Les Effarés »
Texte D	Émile Zola, *Germinal*
Annexe	Anonyme, *Pendant la grève*

Vers l'écrit du Bac

Texte A

Victor Hugo, Préface du *Dernier Jour d'un condamné* (1829)

Si on l'avait proposée, cette souhaitable abolition, non à propos de quatre ministres tombés des Tuileries à Vincennes, mais à propos du premier voleur de grands chemins venu, à propos d'un de ces misérables que vous regardez à peine quand ils passent près de vous dans la rue, auxquels vous ne parlez pas, dont vous évitez instinctivement le coudoiement[1] poudreux ; malheureux dont l'enfance déguenillée a couru pieds nus dans la boue des carrefours, grelottant l'hiver au rebord des quais, se chauffant au soupirail des cuisines de M. Véfour[2] chez qui vous dînez, déterrant çà et là une croûte de pain dans un tas d'ordures et l'essuyant avant de la manger, grattant tout le jour le ruisseau avec un clou pour y trouver un liard, n'ayant d'autre amusement que le spectacle gratis de la fête du roi et les exécutions en Grève, cet autre spectacle gratis ; pauvres diables, que la faim pousse au vol, et le vol au reste ; enfants déshérités d'une société marâtre[3], que la maison de force prend à douze ans, le bagne à dix-huit, l'échafaud à quarante ; infortunés qu'avec une école et un atelier vous auriez pu rendre bons, moraux, utiles, et dont vous ne savez que faire, les versant, comme un fardeau inutile, tantôt dans la rouge fourmilière de Toulon[4], tantôt dans le muet enclos de Clamart[5], leur retranchant la vie après leur avoir volé la liberté ; si c'eût été à propos d'un de ces hommes que vous eussiez proposé d'abolir la peine de mort, oh ! alors, votre séance eût été vraiment digne, grande, sainte, majestueuse, vénérable.

Victor Hugo, Préface du *Dernier Jour d'un condamné*.

---

1. **Coudoiement** : côtoiement, contact.
2. **M. Véfour** : chef d'un grand restaurant parisien.
3. **Marâtre** : cruelle et injuste.
4. **Toulon** : ville où se trouvait un célèbre bagne.
5. **Clamart** : cimetière des pauvres où l'on enterrait les condamnés à mort.

Représentations de la misère au xixᵉ siècle

Texte B
Charles Baudelaire, « Le Gâteau », *Le Spleen de Paris* (1862)

Le Spleen de Paris ou *Petits poèmes en prose* est un recueil de poèmes en prose auquel Baudelaire consacra les dernières années de sa vie. Il ne sera d'ailleurs publié que de façon posthume, deux ans après la mort du poète. La forme est novatrice puisqu'il s'agit de mêler prose et poésie.

Je découpais tranquillement mon pain, quand un bruit très léger me fit lever les yeux. Devant moi se tenait un petit être déguenillé, noir, ébouriffé, dont les yeux creux, farouches et comme suppliants, dévoraient le morceau de pain. Et je l'entendis soupirer, d'une voix basse et rauque, le mot : gâteau ! Je ne pus m'empêcher de rire en entendant l'appellation dont il voulait bien honorer mon pain presque blanc, et j'en coupai pour lui une belle tranche que je lui offris. Lentement il se rapprocha, ne quittant pas des yeux l'objet de sa convoitise ; puis, happant le morceau avec sa main, se recula vivement, comme s'il eût craint que mon offre ne fût pas sincère ou que je m'en repentisse déjà.

Mais au même instant il fut culbuté par un autre petit sauvage, sorti je ne sais d'où, et si parfaitement semblable au premier qu'on aurait pu le prendre pour son frère jumeau. Ensemble ils roulèrent sur le sol, se disputant la précieuse proie, aucun n'en voulant sans doute sacrifier la moitié pour son frère. Le premier, exaspéré, empoigna le second par les cheveux ; celui-ci lui saisit l'oreille avec les dents, et en cracha un petit morceau sanglant avec un superbe juron patois. Le légitime propriétaire du gâteau essaya d'enfoncer ses petites griffes dans les yeux de l'usurpateur ; à son tour celui-ci appliqua toutes ses forces à étrangler son adversaire d'une main, pendant que de l'autre il tâchait de glisser dans sa poche le prix du combat. Mais, ravivé par le désespoir, le vaincu se redressa et fit rouler le vainqueur par terre d'un coup de tête dans l'estomac. À quoi bon décrire une lutte hideuse qui dura en vérité plus longtemps que leurs forces enfantines ne semblaient le promettre ? Le gâteau voyageait de

Vers l'écrit du Bac

main en main et changeait de poche à chaque instant ; mais, hélas ! il changeait aussi de volume ; et lorsque enfin, exténués, haletants, sanglants, ils s'arrêtèrent par impossibilité de continuer, il n'y avait plus, à vrai dire, aucun sujet de bataille ; le morceau de pain avait disparu, et il était éparpillé en miettes semblables aux grains de sable auxquels il était mêlé.

Ce spectacle m'avait embrumé le paysage, et la joie calme où s'ébaudissait[1] mon âme avant d'avoir vu ces petits hommes avait totalement disparu ; j'en restai triste assez longtemps, me répétant sans cesse : « Il y a donc un pays superbe où le pain s'appelle du gâteau, friandise si rare qu'elle suffit pour engendrer une guerre parfaitement fratricide ! »

Charles Baudelaire, « Le Gâteau », Le Spleen de Paris.

Texte C
Arthur Rimbaud, « Les Effarés » (1870)

Noirs dans la neige et dans la brume,
Au grand soupirail qui s'allume,
Leurs culs en rond,

À genoux, cinq petits, – misère ! –
Regardent le Boulanger faire
Le lourd pain blond.

Ils voient le fort bras blanc qui tourne
La pâte grise et qui l'enfourne
Dans un trou clair.

Ils écoutent le bon pain cuire.
Le Boulanger au gras sourire
Grogne un vieil air.

---

1. **S'ébaudissait** : était en joie.

Représentations de la misère au XIXe siècle

Ils sont blottis, pas un ne bouge,
Au souffle du soupirail rouge
    Chaud comme un sein.

Quand pour quelque médianoche [1],
Façonné comme une brioche
    On sort le pain,

Quand, sous les poutres enfumées,
Chantent les croûtes parfumées
    Et les grillons,

Que ce trou chaud souffle la vie,
Ils ont leur âme si ravie
    Sous leurs haillons,

Ils se ressentent si bien vivre,
Les pauvres Jésus pleins de givre,
    Qu'ils sont là tous,

Collant leurs petits museaux roses
Au treillage, grognant des choses
    Entre les trous,

Tout bêtes, faisant leurs prières
Et repliés vers ces lumières
    Du ciel rouvert,

Si fort qu'ils crèvent leur culotte
Et que leur chemise tremblote
    Au vent d'hiver.

Arthur Rimbaud, « Les Effarés ».

---

1. Médianoche : repas pris après minuit, célébrant le passage d'un jour maigre à un jour gras.

Vers l'écrit du Bac

Texte D
Émile Zola, *Germinal* (1884)

Dans *Germinal*, Émile Zola décrit avec une précision documentaire les dures conditions de vie des mineurs dans le Nord de la France. Nous sommes ici dans la deuxième moitié du roman : après une grève générale, les mineurs n'ont plus de ressources et commencent à manquer de nourriture. La Maheude, femme de mineur, va quémander de la nourriture à une voisine qui en cache.

– J'étais donc venue, avoua-t-elle enfin, pour savoir s'il y avait plus gras chez vous que chez nous… As-tu seulement du vermicelle, à charge de revanche ?

La Pierronne se désespéra bruyamment.

– Rien du tout, ma chère. Pas ce qui s'appelle un grain de semoule… Si maman ne rentre pas, c'est qu'elle n'a point réussi. Nous allons nous coucher sans souper.

À ce moment, des pleurs vinrent de la cave, et elle s'emporta, elle tapa du poing contre la porte. C'était cette coureuse de Lydie qu'elle avait enfermée, disait-elle, pour la punir de n'être rentrée qu'à cinq heures, après toute une journée de vagabondage. On ne pouvait plus la dompter, elle disparaissait continuellement.

Cependant, la Maheude restait debout, sans se décider à partir. Ce grand feu la pénétrait d'un bien-être douloureux, la pensée qu'on mangeait là, lui creusait l'estomac davantage. Évidemment, ils avaient renvoyé la vieille et enfermé la petite, pour bâfrer leur lapin. Ah ! on avait beau dire, quand une femme se conduisait mal, ça portait bonheur à sa maison !

– Bonsoir, dit-elle tout d'un coup.

Dehors, la nuit était tombée, et la lune, derrière des nuages, éclairait la terre d'une clarté louche. Au lieu de retraverser les jardins, la Maheude fit le tour, désolée, n'osant rentrer chez elle. Mais, le long des façades mortes, toutes les portes sentaient la famine et sonnaient le creux. À quoi bon frapper ? c'était misère et compagnie. Depuis des semaines qu'on ne mangeait plus, l'odeur de l'oignon elle-même était partie, cette odeur forte qui annonçait le coron[1] de loin, dans la campagne ; maintenant, il

---

1. **Coron** : habitat des mineurs dans le nord de la France.

Représentations de la misère au XIXᵉ siècle

n'avait que l'odeur des vieux caveaux, l'humidité des trous où rien ne vit. Les bruits vagues se mouraient, des larmes étouffées, des jurons perdus ; et, dans le silence qui s'alourdissait peu à peu, on entendait venir le sommeil de la faim, l'écrasement des corps jetés en travers des lits, sous les cauchemars des ventres vides.

Comme elle passait devant l'église, elle vit une ombre filer rapidement. Un espoir la fit se hâter, car elle avait reconnu le curé de Montsou, l'abbé Joire, qui disait la messe le dimanche à la chapelle du coron : sans doute il sortait de la sacristie, où le règlement de quelque affaire l'avait appelé. Le dos rond, il courait de son air d'homme gras et doux, désireux de vivre en paix avec tout le monde.

S'il avait fait sa course à la nuit, ce devait être pour ne pas se compromettre au milieu des mineurs. On disait du reste qu'il venait d'obtenir de l'avancement. Même, il s'était promené déjà avec son successeur, un abbé maigre, aux yeux de braise rouge.

– Monsieur le curé, monsieur le curé, bégaya la Maheude.

Mais il ne s'arrêta point.

– Bonsoir, bonsoir, ma brave femme.

Elle se retrouvait devant chez elle. Ses jambes ne la portaient plus, et elle rentra.

Émile Zola, Germinal, livre IV, chapitre 5.

Annexe

Anonyme, *Pendant la grève*, XIXᵉ siècle

➡ Image reproduite en fin d'ouvrage, au verso de la couverture.

Vers l'écrit du Bac

■ *Question sur le corpus*
(4 points pour les séries générales ou 6 points pour les séries technologiques)

Ces cinq documents dénoncent la misère qui touche les plus faibles. Vous analyserez quels sont les procédés littéraires et les registres utilisés à cette fin par chacun d'eux.

■ *Travaux d'écriture*
(16 points pour les séries générales ou 14 points pour les séries technologiques)

Commentaire (séries générales)

Vous ferez le commentaire du texte B, « Les Effarés », d'Arthur Rimbaud.

Commentaire (séries technologiques)

Vous commenterez l'extrait de *Germinal* d'Émile Zola (texte D) en vous aidant du parcours de lecture suivant. Vous montrerez tout d'abord que Zola brosse un tableau réaliste de la misère des mineurs. Puis, vous montrerez comment l'auteur fait de cette scène un épisode pathétique.

Dissertation

Dans la préface « Une comédie à propos d'une tragédie » du *Dernier Jour d'un condamné*, roman de Victor Hugo (1829), un des personnages déclare qu'« un drame, un roman ne prouve rien ». Dans quelle mesure selon vous le roman peut-il développer une argumentation efficace et dénoncer les injustices ou les horreurs de son époque ? Vous répondrez à cette question en vous appuyant sur les extraits du corpus, des textes étudiés en classe ou des lectures personnelles.

Écriture d'invention

Vous êtes journaliste dans un journal quotidien. Vous avez été témoin d'une injustice qui vous a particulièrement scandalisé(e). Vous êtes chargé(e) d'écrire une tribune pour la une de votre journal afin de dénoncer cette injustice de façon argumentée et pertinente.

Fenêtres sur...

Des ouvrages à lire

Autres romans de Victor Hugo
- *Claude Gueux* [1834], Belin-Gallimard, «Classico», 2008.
- *Les Misérables* [1862], Gallimard, «Folio classique», 1999.
- *Jean Valjean. Un parcours autour des «Misérables»*, Gallimard, «Folioplus classiques», 2007.

Une bande dessinée à lire
- Stanislas Gros, *Le Dernier Jour d'un condamné*, Delcourt, 2007.

Sur la peine de mort
- Albert Camus et Arthur Koestler, *Réflexions sur la peine capitale*, Gallimard, «Folio», 2002.

Un site Internet à consulter

- Site de la BNF : «Victor Hugo, l'homme océan» : http://expositions.bnf.fr/hugo/index.htm

Fenêtres sur...

Une conférence à écouter

• Sur le site de la BNF, conférence mise en ligne de R. Badinter, hommage à l'engagement de Victor Hugo contre la peine de mort : http://www.bnf.fr/fr/evenements_et_culture/anx_conferences/a.c_020314_badinter.html

Des films à voir

(Les œuvres citées ci-dessous sont disponibles en DVD.)

- *La Dernière Marche* [1995], de Tim Robbins, avec Susan Sarandon, couleur, MGM, 2001.
- *La Ligne verte* [1999], de Franck Darabont, avec Tom Hanks, couleur, Warner Bross vidéo, 1999.
- *La Vie de David Gale* [2003], d'Alan Parker, couleur, Universal Pictures, 2003.

Glossaire

Analepse : retour en arrière dans la chronologie d'un récit. Procédé qui permet souvent de donner des informations sur la narration en cours ou d'étoffer le portrait d'un personnage.

Antiphrase : procédé appartenant au registre ironique consistant à dire le contraire de ce que l'on pense, en sous-entendant son propos véritable. L'antiphrase a souvent une fonction critique (exemple : « c'est du joli ! »).

Argument : partie de l'argumentation qui permet d'apporter une preuve à la thèse soutenue.

Argument d'autorité : argument qui s'appuie sur des citations ou des auteurs de référence faisant *autorité* sur la question ou le débat soulevé.

Argumentation directe : se dit d'un texte ou d'une œuvre où la dimension argumentative est explicite, par exemple un essai ou un discours.

Argumentation indirecte : se dit d'un texte ou d'une œuvre où la dimension argumentative est implicite et où l'auteur utilise les détours de la fiction pour exprimer sa thèse, comme par exemple dans l'apologue ou le conte philosophique.

Glossaire

Auteur/ Narrateur/ Personnage : trois instances du récit qu'il faut savoir définir et distinguer. L'auteur est la personne réelle qui a écrit le texte (ici, Victor Hugo). Le narrateur est l'instance imaginaire prenant en charge le récit. Enfin, le personnage est l'acteur vivant les événements racontés dans le récit. Dans *Le Dernier Jour d'un condamné*, narrateur et personnage se confondent puisqu'il s'agit d'un récit à la première personne.

Caricature : procédé satirique consistant à grossir et exagérer les défauts physiques ou moraux d'une personne afin de se moquer ou de critiquer.

Convaincre : mobiliser les ressources d'une argumentation logique et rationnelle en faisant appel à la raison et l'intelligence du destinataire.

Description (fonctions de la) : dans un récit, une description peut avoir trois fonctions principales.
– Une fonction informative : donner des informations nécessaires au lecteur pour la connaissance de l'intrigue ou des personnages.
– Une fonction référentielle : souvent présente dans le roman réaliste du xixe siècle, il s'agit par la description de définir les lieux et les personnages au plus près possible de la réalité.
– Une fonction symbolique : l'auteur vise à exprimer une idée ou cherche à suggérer une impression au-delà de la fonction informative ou référentielle. Par exemple, dans *Le Dernier Jour d'un condamné*, les différentes descriptions des lieux d'enfermement donnent un éclairage sur l'état d'âme du narrateur.

Détracteur : dans une argumentation, défenseur de la thèse adverse.

Ellipse : dans un récit, fait de passer volontairement sous silence certains éléments du récit, ou absence d'une séquence narrative (ellipse temporelle par exemple).

Fantastique (registre) : dans le fantastique, l'auteur cherche à provoquer un climat d'angoisse où l'univers ordinaire et familier est rendu inquiétant par des phénomènes bizarres et étranges. Le narrateur, souvent à la première personne, hésite constamment entre une explication rationnelle et surnaturelle. Le doute est maintenu sans résolution finale.

Glossaire

Horizon d'attente : au début d'un texte, il définit la tonalité du texte et dispense les premiers éléments permettant au lecteur d'orienter son interprétation du texte.

Hyperbole : figure de style visant à amplifier et exagérer une réalité.

Identification : processus par lequel le lecteur peut s'identifier au personnage, c'est-à-dire, comprendre et ressentir quels sont ses sentiments et son état d'esprit. L'identification est favorisée par une narration à la première personne.

Implicite : se dit d'une thèse, d'une critique qui n'est pas clairement ou explicitement exprimée. C'est au lecteur, par une lecture active, de débusquer l'implicite et de lire entre les lignes. Synonyme courant : sous-entendu.

Incipit : début d'une œuvre. On parle d'*incipit in medias res* lorsque le lecteur est plongé directement au cœur de l'action sans préambule.

Ironie : critique moqueuse, raillerie. Les procédés utilisés pour faire naître l'ironie sont la litote, la périphrase, l'antithèse et l'antiphrase.

Métaphore filée : image récurrente que l'on retrouve tout au long d'un texte ou d'une œuvre entière.

Monologue intérieur : technique narrative adoptée surtout dans le roman du xxᵉ siècle visant à reproduire sans souci d'ordre et de logique le flux des pensées et des rêveries.

Pathétique (registre) : ensemble de procédés visant à provoquer la pitié et la compassion du lecteur ou du destinataire.

Périphrase : figure de style consistant à remplacer un nom par un groupe nominal le définissant. Cela peut permettre d'éviter une répétition malencontreuse ou d'affiner la caractérisation de ce substantif.

Péroraison : dans la rhétorique antique, partie du discours constituant la conclusion de l'argumentation.

Personnification : figure de style consistant à doter de caractéristiques humaines un animal ou un objet inanimé.

Persuader : mobiliser les ressources d'une argumentation fondée sur la dimension passionnelle du discours afin de provoquer une émotion chez le destinataire.

Glossaire

Plaidoyer : argumentation visant à défendre une thèse ou une personne. Dans le domaine judiciaire, l'avocat de la défense prononce une plaidoirie.

Polémique (registre) : issu du grec *polemôs* signifiant « combat », il est souvent présent dans les textes d'argumentation et permet à l'auteur de donner son avis sur un sujet.

Prolepse : anticipation par rapport au moment de la narration (saut chronologique). Elle peut être prise en charge par un narrateur omniscient donnant des informations sur la suite de l'intrigue ou par un narrateur-personnage imaginant des développements futurs.

Quiproquo : terme lié au genre théâtral et plus particulièrement à la comédie et évoquant une méprise physique (un personnage est pris pour quelqu'un qu'il n'est pas) ou verbale (deux personnages parlent de deux choses différentes en pensant parler de la même chose).

Réquisitoire : vocabulaire juridique. Le réquisitoire est prononcé par l'avocat général chargé de l'accusation. Par extension, toute argumentation fondée sur une critique véhémente.

Satire : se dit d'une critique violente et moqueuse d'un personnage public ou d'une institution politique et sociale, comme par exemple le clergé ou la justice. Un satiriste a recours à l'ironie et à la caricature.

Thèse : idée générale ou opinion défendue par un auteur dans une argumentation. Elle peut être exprimée explicitement ou implicitement.

Tragique (registre) : registre littéraire exprimant l'idée d'un destin fatal aboutissant de façon inéluctable à la mort et à la destruction.

Notes

Notes

Notes

Notes

Notes

Notes

Dans la même collection

CLASSICOCOLLÈGE

14-18 Lettres d'écrivains (anthologie) (1)
Gilgamesh (17)
Histoires de vampires (33)
La Poésie engagée (anthologie) (31)
La Poésie lyrique (anthologie) (49)
Le Roman de Renart (50)
Guillaume Apollinaire – *Calligrammes* (2)
Béroul – *Tristan et Iseut* (61)
Lewis Carroll – *Alice au pays des merveilles* (53)
Albert Cohen – *Le Livre de ma mère* (59)
Honoré de Balzac – *Le Colonel Chabert* (57)
Chrétien de Troyes – *Yvain ou le Chevalier au lion* (3)
Corneille – *Le Cid* (41)
Didier Daeninckx – *Meurtres pour mémoire* (4)
William Golding – *Sa Majesté des Mouches* (5)
Homère – *L'Odyssée* (14)
Victor Hugo – *Claude Gueux* (6)
Joseph Kessel – *Le Lion* (38)
J.M.G. Le Clézio – *Mondo et trois autres histoires* (34)
Jack London – *L'Appel de la forêt* (30)
Guy de Maupassant – *Histoire vraie et autres nouvelles* (7)
Guy de Maupassant – *Le Horla* (54)
Prosper Mérimée – *Mateo Falcone* et *La Vénus d'Ille* (8)
Molière – *L'Avare* (51)
Molière – *Le Bourgeois gentilhomme* (62)
Molière – *Les Fourberies de Scapin* (9)
Molière – *Le Malade imaginaire* (42)
Molière – *Le Médecin malgré lui* (13)
Molière – *Le Médecin volant* (52)
Jean Molla – *Sobibor* (32)
Ovide – *Les Métamorphoses* (37)
Charles Perrault – *Le Petit Poucet et trois autres contes* (15)

Edgar Allan Poe – *Trois nouvelles extraordinaires* (16)
Jules Romains – *Knock ou le Triomphe de la médecine* (10)
Edmond Rostand – *Cyrano de Bergerac* (58)
Antoine de Saint-Exupéry – *Lettre à un otage* (11)
William Shakespeare – *Roméo et Juliette* (70)
Jean Tardieu – *Quatre courtes pièces* (63)
Michel Tournier – *Vendredi ou la Vie sauvage* (69)
Paul Verlaine – *Romances sans paroles* (12)

CLASSICOLYCÉE

Guillaume Apollinaire – *Alcools* (25)
Charles Baudelaire – *Les Fleurs du mal* (21)
Beaumarchais – *Le Mariage de Figaro* (65)
Ray Bradbury – *Fahrenheit 451* (66)
Emmanuel Carrère – *L'Adversaire* (40)
Dai Sijie – *Balzac et la Petite Tailleuse chinoise* (28)
Denis Diderot – *Supplément au Voyage de Bougainville* (56)
Marguerite Duras – *Un barrage contre le Pacifique* (67)
Annie Ernaux – *La Place* (35)
Romain Gary – *La Vie devant soi* (29)
Jean Genet – *Les Bonnes* (45)
J.-Cl. Grumberg, Ph. Minyana, N. Renaude – *Trois pièces contemporaines* (24)
Victor Hugo – *Le Dernier Jour d'un condamné* (44)
Victor Hugo – *Ruy Blas* (19)
Eugène Ionesco – *La Cantatrice chauve* (20)
Eugène Ionesco – *Le roi se meurt* (43)
Mme de Lafayette – *La Princesse de Clèves* (71)
Marivaux – *L'Île des esclaves* (36)
Marivaux – *Le Jeu de l'amour et du hasard* (55)
Guy de Maupassant – *Bel-Ami* (27)
Guy de Maupassant – *Pierre et Jean* (64)
Molière – *Dom Juan* (26)
Molière – *Le Tartuffe* (48)
Francis Ponge – *Le Parti pris des choses* (72)
Abbé Prévost – *Manon Lescaut* (23)

Racine – *Andromaque* (22)
Racine – *Bérénice* (60)
Racine – *Phèdre* (39)
Arthur Rimbaud – *Œuvres poétiques* (68)
Voltaire – *Candide* (18)
Voltaire – *Zadig* (47)
Émile Zola – *La Fortune des Rougon* (46)

Pour obtenir plus d'informations, bénéficier d'offres spéciales enseignants ou nous communiquer vos attentes, renseignez-vous sur www.editions-belin.com ou envoyez un courriel à contact.classico@editions-belin.fr

Cet ouvrage a été composé par Palimpseste à Paris.

Imprimé en Espagne par Novoprint (Barcelone)
N° d'édition : 005446-02 – Dépôt légal : octobre 2011